도넛 시티

* 이 도서의 국립중앙도서관 출판예정도서목록(CIP)은 서지정보유통지원시스템 홈페이지(http://seoji.nl.go.kr)와 국가자료공동목록시스템(http://www.nl.go.kr/kolisnet)에서 이용하실 수 있습니다.
(CIP제어번호: CIP2020008255)

도넛 시티

장수양
정우신
조원효
최백규
시집

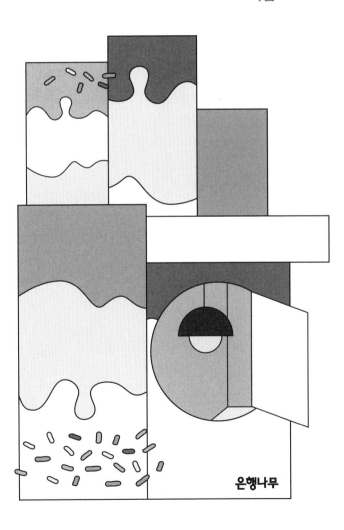

은행나무

깨물어도 그대로인

한 페이지를 문장으로 여는 지금, 나는 추위에 떨고 있다. 하지만 여름에는 차가움을 좋아했다. 차가움을 느낄 수 있는 구체적인 순간에 애착이 있었다. 유난히 차가워 자주 잡곤 했던 친구의 손이나 얼음을 틀에서 뺄 때 나는 귀여운 소리, 뺨에 닿는 선풍기 바람. 과거의 일 같아도 때가 되면 다시 속수무책으로 사랑하게 될 것들이다.

필요한 것을 가능한 사랑하고 싶다. 계절을 잘 맞이하고 보내기 위해서는 좋아하는 일 하나쯤 마련해두어야 한다. 그러지 않으면 아무것도 기다리지 않는 한 해를 살아야 할 수도 있으니까. 그건 너무 빠르고 너무 무섭다. 필요에 깃든 나의 사랑은 섬뜩하지만 상냥하다. 잊어도 시간이 흐르면 되찾는다. 어떤 노래인지도 모른 채 홀로 되풀이하는 허밍처럼 말이다.

이 책은 네 명의 동시대 시인들이 필사적인 연마와 연구로 엮어냈다. 각각의 시편들은 그 사료를 정제한 집약적인 전시이자 키노드라마다. 우리는 몇 차례 만나면서 함께 책을 구상했다. 시 바깥에서 공통점을 찾기도 했고, 실효성을 확신할 수 없는 장난스럽고 반짝이는 계획을 툭툭 던져보기도 했다. 창작에 대한 열망과 관계없이 그것이 무효가 될 가능성을 점치기도 했다.

'인사이드-아웃사이드'라는 주제는 우리를 웃게 했다. 그것을 인식하는 때부터 경계를 허물려는 시도가 시작된다. 안팎의 것들을 한 폭에 담아내지 않으면 우리가 있는 곳이 어디인지도 알 수 없으니 말이다. 모르는 사이에 우리를 한곳에 위치하게 한 알 수 없는 작용들을 가늠해본다. 비로소 마주하고 싶은 마음으로 그것들을 문장에 담아낸다. 소용이 있을까? 알 수 없지만, 소비되어 사라지는 바로 그 순간을 위해 이 불온한 문장들은 안팎의 어딘가에 도사리고 있는지 모른다.

시가 지닌 소모성은 튕겨 나올 것을 감안하고도 서로를 향해 가려는 분투이다. 일시적인 마음을 지속적으로 다루는 이유는 사라짐에 찍히는 도돌이

표를 외기 때문일 것이다. 만나기도 전에 동일한 악보를 본 듯 우리의 손은 그것을 알고 있다. 이제는 무용하다는 말조차 빛을 잃게 돼, 사람들이 이 시들의 한 면을 소요하고 소모하여도 그대로 가겠다는 견고한 태도가 발각되고 만다. 나는 그것을 긍정하고 싶다.

우리의 무효에 선행하는 것은 슬픔도, 소진도 아닌 복합성이라고 생각한다. 한국에 사는 사람이라면 저마다 크고 작은 서울에 살 것이다. 서울의 복합성에는 올바름이 있다. 생존 전략이 된 죽음 환상, 키메라, 의혹의 변주는 맞부딪히고 어그러진 양상 그 자체를 존중한다. 처음의 형태를 보존하지 못한다고 해도 다그치지 않고 다치지도 않는다. 다소나마 지구력이 필요하다. 무서울지도 모르는 한 해에 몇 번을 잊어도 아주 사라지지 못하는 힘을.

2020년 3월
장수양

차례

정우신

조원효

최백규

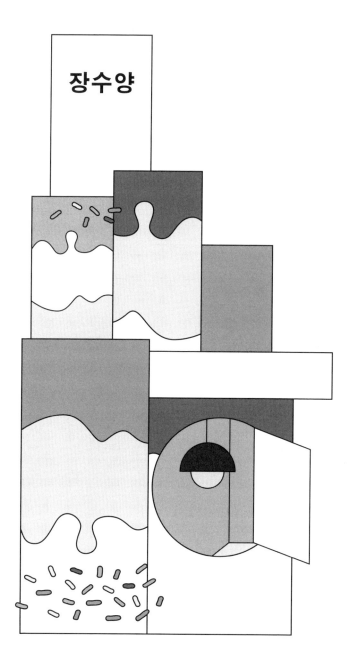

장수양

인어가 있다고 믿는 사람.

시와 소설을 좋아하고 있으면 마음이 깨끗해집니다. 처음에

얼마나 지저분했던 걸까요.

수양하겠습니다.

우울한 도넛

그 밤 서울에는 투명한 안개가 꼈다 도망치다 그
들이 내 몸을 겹겹이 둘러싼 걸 알았다 두려웠다
이내 기뻤다

그들이 말했다

우리는 다 압니다

이제 말하십시오

날씨를 입고 날씨를 벗고

옷장에 가두었습니다

나를 심문하세요

바깥이 무엇인지 알고 싶었습니다

결코 바르지 못한

것을 알고 싶었습니다

무릎 꿇고 싶어

잘못했습니다

서울은 거대한 도넛 시티가 되어갔다

도넛 시티란, 수도가 텅 비는 현상이다

내 부모가 서울을 보면 거기에는 안개가 있었다

근사한 날개를 펼친 유리 엘리베이터가 곡선을 그
리며 투명한 산맥을 활주했다

그 애가 저기 탑승해 있겠지요

아니었다

나는 갈급한

도둑질에 중독되어갔다

늦은 줄도

이른 줄도 몰랐다

할 수 있는 한

장면들을 마구 훔쳤다

안개에 친친 감겨

손쉬웠다

우리는 다 압니다

다시 선한 목소리가 말했고

모두 알아버리세요

나는 대답했다

손가락을 접자 손가락이 없어졌다

붉어진 눈 속에는 친구들이 앉아 있었다. 일렬로 앉거나 앞뒤로 끌어안아

군중도 사람도 아닌 스파게티, 볶음밥 같은 모습으로

입을 다물고 있었다. 나는 뭔가를 물고 있었다. 연필심이 나의 관자놀이를 통과해

친구들의 어깨와 얼굴에 검은 분을 쏟아넣었다.

아무도 눈을 감지 않아 허공의 온도가 높아지고 있었다.

중학생

나는 급식을 받고 있었다
누가 책을 훔쳐 가서
재미있거나 웃을 일이라곤 한 가지도 없이
오로지 혼자서

위로처럼
유리그릇에 담아온 젤리
그 안에 사랑하는 사람이 갇혀 있었다
양 주먹을 붉게 휘두르고 있었다
냅킨에는 〈한입에 드시오〉
내가 믿는 신의 글씨였다

나는 복도에 나가 전화를 했다

─뭐 하고 있어?
─점심시간이야.
─왜 전화해?
─(널 젤리에서 봤다고는) 그냥. 너는 뭐 했어?

―지금 막 기뻐지려던 참이었어.

―……

―정말이야. 벨이 울리기 전까진 가능성이 있어 보였어. 딱 1초만 있으면, 그러면 되는 거였어.

―미안해.

―……

―내가 뭘 하면 좋을까?

―당장 돌아가. 책상으로 가. 그리고 계속 밥을 먹어. 꼭꼭 씹어 먹어.

―……

―내 말이 우습니?

―아냐.

―그러면 왜 계속 거기 있는 거야? 내 너머에, 왜 하필 거기에 네가 있는 거야?

―지금 돌아갈게.

―……

―앞으로 너에게 기도를 해도 괜찮을까?

―그래, 기도만 해. 절대로 전화 따위는 하지 마.

교실에 돌아오자

책상에 앉은 쥐가 젤리를 우물거리고 있었다

나는 빈 그릇을 들여다보았다

—돌아가.

투명한 얼굴이 내게 말했다

기다려도 끊어지지 않았다

아웃사이드 인[*]

고객님처럼 말하고 행동하자 여행은 그런 거니까

너는 햇빛 감기에 걸려 있다 천연덕스럽게 웃으며
—사람은 무슨 병이든 걸릴 수 있어요

빛에 재채기를 하므로 병은 갓 생겨난 모양이다

숙소에 누워
비스듬히 난 창문을 바라본다
솔방울과 힘없는 침엽수로
하늘이 안 보인다

—케이크에 뿌린 것 같아요

—열어두었으면 머리에 맞았을 거야

—솔방울 위에 누웠을 거예요

—지금 열면

—안 돼요

—창문에 기대면 저렇게 쏟아지기 직전처럼 보이
는지 몰랐어

—안에서 알게 된 건 무효예요

나는 눈을 감고 그 창문을 완전히 손에 넣는다
잠시 동안

넌 마른세수를 하면서 돌아갈 빌라는 주차장이
지상에 있어 지진이 나면 바로 무너지는 형태라고
말한다 근처에 그런 집이 아주 많고 그게 죽 늘어
서 있는 모양은 빈 성냥갑 같다고 다른 어딘가를
위험하게 만들 것처럼 보이는 물건, 빈 성냥갑

어깨와 어깨가 부딪히면 아프다 일부러 부딪히는
어깨도 있다 모르고 그러는 어깨도 있다 부딪혀도

눈치채지 못하는 어깨도 물론 있다 가능하면 마지막의 어깨를 가진 사람이고 싶다 난 다정한 어깨를 갖길 바라거나 네가 다정한 어깨를 가졌길 바란 적이 한 번도 없었다 모두가 언제나 마지막의 어깨를 가진 사람이길 바랐다

이 여행은 돌아갈 곳만을 꺼릴 수 있는 사람이 사랑하는 작은 손을 잡기 전에, 그래서 누군가가 눈을 반짝 뜨기 전에 끝난다 내가 그렇게 만들었다 지금은 그래도 괜찮기 때문이다

우연찮게 창문에 붙어 쉬는 솔방울들이 쏟아질 염려가 없는 것처럼, 되돌아가는 일 같은 건 쓸 필요가 없다 아무도 아닌 사람들이 아무것도 원하지 않는데, 그럴 이유조차 없는데, 어째서 써야만 한단 말인가?

---

*   고객의 입장에 서서 기업이 하는 모든 활동을 고객의 눈으로 바라보는 경영 전략(조지 데이, 크리스틴 무어맨, 《아웃사이드 인 전략》).

사랑의 뉘앙스

10년째 바카야로이드*를 보던 친구에게 아기가 생
겼다

아기는 마냥 모빌의 높이를 좋아해
나도 좋아
떨어져 부딪혀도 잠깐 놀라울 뿐이고

걷어내면 무엇이 있니
흔들거나 돌아가면 세상은 어떤 반응을 보이니
아기는 웃는다

공중에서만 함께 노는 거야
안으면 사라지는 것으로
그리하여 허공의 접촉에 놀라워하리라
유년기는 몬데그린**의 숲이지

친구는 여전히 만화를 좋아하고 아기의 머리 위
엔 아직 하늘이 없다

이제 별에도 수많은 각주가 달려 있어
어떻게 오인해도 빛나니까
사랑은 슬플 수밖에

또 다른 구전 속에

불빛으로 가득한 얼굴이 있다
보고 싶지만 눈이 부시고
만지고 싶지만 손으로 가려진다
이곳에서 가려진다는 것은
다른 차원에 순간 사는 것이야

낯설어지기 싫다
친구는 말한다

새로워하지 마
우리는 말한다

어느 순간에는 모두

감당할 만한 그물 속에 살겠지

우리는 개인이고

아름다움은 반드시 편집되니까

잊어 마땅한 일은 없어

마땅한 어울림 같은 것도

어떤 것도 처음이 될 수 있다면

너와 너의 세계가 지속되길 바라

사랑의 뉘앙스로

다음 그림은 조금 천천히 그려져도 괜찮아

---

*   애니메이션 〈데스노트〉 마지막 화를 활용한 매드 무비의 통칭.

**   외국어를 모국어로 착각하여 듣는 현상.

아뇨
—그곳엔

그곳엔 진주와 알을 같게 보는 유리함이 있었습니다

나는 사람을 만나 눈인사를 나누곤 했습니다 방문을 두드리는 소리에 소스라치는 일은 없었습니다 유령들은 모두 선인처럼 긴 머리를 늘어뜨리고 조용하게 걸어 다녔으며 언제나 출현을 예고했습니다 나는 처음부터 일체의 변호를 포기하여 그 세계로 녹아들었습니다 말이 없는 광대들이 라디오에서 춤을 추었습니다 나는 춤을 배우기 위해 그 세계로 간 것이었습니다 얼마 지나지 않아 나는 내 그림자와 발목을 잘라 보냈습니다

—당신에 대한 기록이 있습니다

—읽지 않겠습니다

—당신을 아는 사람이 있습니다

—그런 사람 나는 모릅니다

—그러면 당신은 죽은 걸까요?

—네 그렇습니다

나는 사람이면서 사람을 만나 사람을 사랑하는
날을 보내기로 했습니다 평온 속에서 내 말은 모두
불온한 추리에 불과했으므로 나는 침묵했습니다
나는 춤을 배우기 위해 그 세계에 간 일이 있었습
니다 나에겐 진주와 알을 같게 보는 유리함이 있었
습니다 둥그런 것이 마모를 모르는 동안 나는 오직
밖을 향하여 부정하였습니다

아뇨
—수정 열차

수정으로 만든 열차를 가졌다 투명하여 눈이 내리면 본질이 달라지는 열차였다

내 수정 열차는 쉬지 않고 밤길을 달렸다 몸체인 수정을 쥐어뜯으며 모르는 얼굴이 비친 투명한 공간들을 목걸이처럼 꿰었다 그 목걸이의 이름을 망각으로 하였을 때 열차는 작동을 멈추고 바퀴밖에 남지 않은 모습으로 멈춰 섰다 밤이 할퀸 자국을 내며 어딘가로 빠져나가고 있었다

열차의 목소리를 들은 것은 그때였다 어떤 응답이 알맞은지 나는 알지 못했다 그것은 어떤 수수께끼도 될 수 없는 말이었다 나는 양손으로 내 목을 감싸 쥐었다 그리고 가만히 있었다

아뇨

—밤

내 침대에 쇠로 만든 사람이 누워 있어

나는 그를 쇠 사람이라 하고

차가운 그를 어떻게 안아야

더 이상 날 놀라게 하지 않을지 생각했다

붉은 얼굴과 천천히 사라지는 미소는

오늘의 것이어서

이동하는 침대에 누워

나는 쇠 사람에게

아무것도 들려주지 않았고

우리는 아무도 노래할 줄 모르는 공간에서의 침

묵을

휴식으로 이해했다

당신은 차갑고

차갑지 않을 때는 있는 줄도 모르겠어

당신은 놀라운 사람 당신이 지루해진다면

우리는 수면(水面)에도 잠길 수 있을지 몰라

시간의 이름들이 머리맡에 서서
나와 쇠 사람을 내려다보았다

우리는 손을 잡았다
아무것도 하지 않았다
잠들지도 않았다

쇠 사람과
나
침대
어디로 이동하는지 모른다
겨냥할 줄 모르는
밤
이 있었고

침묵은 마침내 오래 지속되었다

스크립트 1
—유리와 레이어

공연이 시작되자
유리로 만든 사람이
춤을 춘다

공중에 소리가 서린다

'나는 무거운데 자꾸 투명해져

이건 얼마만큼 조각했는지 상관없는 거야
내가 칼을 들고 있어
사람들이 의심한다
나는 나를 바꾸려 했어'

솔뮤직 러버스 온리*
마이크 없이 선 몸이 흔들거린다
펼쳐지고 싶은 듯이
사람들이 깨지 않아 숨으로 그린 그림이 완성하
기 전에 사라진다

이어지는 Mmmm······[**]

'유리가 쏟아져 내리는
폭포를 찾았다
그 밑에 선 사람을 만나기 위해서

나는 도착하지 않았다
이음쇠가 쇠하여 발이 끊어졌다
단면이 몸을 불리고
빛났다'

  지금 흐르는 것이 혼이라면 유리에 맺힐 혼은 보
다 투명해야겠지 없어야 하겠지 윈드브레이커를 입
은 사람이 중앙을 가로질러 간다, 등에 풍경을 매달
고
  발자국이 부서지는 모양으로 흩어진다

'표정 위에는 왜 표정이 있을까'

그는 모서리의 세상을 본다
누워 있는 면면(面面)

그 위로 상영되는 날씨들, 진눈깨비와 수요일
녹이 든 수조
상이하게 흘러가는 구름—차 안의 마블링
차 밖의 마블링

그는 속삭임으로 걷는다
'추위가 여기에 있구나'

가만히 있는다
'자국으로만 이루어져도 좋다는 거야'
가만히 있는다
'어떻게 있으라는 거지'

쥐들이 슬리퍼를 거처 삼아 돌아다닌다
바닥에 끌리는 긴 꼬리가
이야기로

빙하 속 언 바람을 향한다

무대에 선 소리
'어두운 계단이군'
불이 꺼진다
'한 번도 켜진 적 없어'

객석은 텅 비어 있다 도로에는 차가 없다 차창도
없으며 레이어는 한 장뿐이다 무수한 아파트가 뒷
걸음친다 떠나는 노을, 도시의 가구는 모조리 닫혀
있다

그는 음악을 마쳤다 무대는 고요하며 바깥의 온
도는 일정하다 객석의 간격 역시 일정하다 차도와

인도 사이, 틈틈이 풀은 자라고 추위가 엄습하면
짙은 녹색이 된다 그것은 어쩌면 오랫동안 보아왔
던 웅덩이의 눈들

결코 마주치지 않지만 발을 적시고

씻은 듯 사라진다, 계절의 사각(死角)으로

'절대 아니야'

'절대 아니야'

---

* 야마다 에이미, 《솔뮤직 러버스 온리》.

** "〈스쿠다 후! 스쿠다 헤이!〉를 찍으면서 처음으로 카메라 앞에 섰는데 그때 제 대사가 '음(Mmmm)'이란 감탄사였어요."(미셸 슈나이더, 《마릴린, 그녀의 마지막 정신 상담》, 226쪽)

수요일

사람이 차오른 물이 투명하여 많은 표정을 만졌다
그림자 하나 남지 않도록 깨끗이 몸을 씻었다

나는 위치를 만졌다
그곳에 묻은 운으로는 아무것도 할 수 없었다

오후는 단 한 번이었다
이것도 잊혔다

나는 물의 단면을 보았다 숨이 섞이지 않은 긴
생을 마셔도 아무것도 차오르지 않았다

복제된 체온이 레이스를 벌였다

바닥이 걷기에만 좋은 형태로 다듬어졌다

유일하게 둥근 눈에서 곡선이 사라졌다 사람의
자리에 성에가 맺혔다 부딪히지 않는 투명한 뿔이

전신에서 자라났으므로 세상은 슬픈 형태를 하고
있었다

ⓒ장수양, 비오토피아 수 박물관

　뱀파이어를 좋아하게 된 계기는 앤 라이스의 소설이었
다. 그 소설에서는 피를 빠는 행위가 성스럽고 에로틱하
게 그려졌다. 뱀파이어들은 인간적이며 매력이 넘쳤다. 피
를 보는 건 불쾌한 일인데 뱀파이어가 나오는 창작물에
서 피는 그들의 갈증을 해소한다. 나는 피가 몸속에 있
는 것 중에 가장 기이한 것이라고 생각했다. 이전까지 피

는 가족 관계의 연을 상징하는 기분 나쁜 단어이자 고통스러운 것일 뿐이었다. 하지만 피는 물리적으로 사람을 채우고 있는, 은밀한 정보를 담은, 빨간 것이다. 사람은 피가 없으면 안 된다. 뱀파이어도 그렇다. 오싹하면서도 싫지 않았다.

앤 라이스의 《뱀파이어 레스타》에는 레스타가 자기 어머니를 뱀파이어로 만드는 장면이 나온다. 그들은 더 이상 모자가 아니라 단순히 동족이 되어 서로 이름을 부른다. 그들이 함께 있을 때 이전과 달리 서로 비등한 무게감으로 팽팽하게 당겨지는 긴장을 느꼈다.

뱀파이어가 수명이 길거나 불로불사인 존재로 그려지는 게 아쉬웠다. 그렇게까지 오래 산다면 굳이 뱀파이어가 아니더라도 가족을 비롯하여 자신의 출처가 되는 그 어딘가에 무감동해질 테니까 말이다. 긴 수명 때문에 어떤 뱀파이어는 자신의 혈통을 벗어나거나 되찾으려는 노력을 인간보다 더 길게 할 수도 있었다. 그렇게 시간이 많은데도 자신이 어디서 왔는지, 누구로부터 왔는지를 오랫동안 자랑스럽게 여기고 우월감을 표하는 뱀파이어도 있었다.

나는 인어에 관심이 생겼다. 처음에는 그저 창작물에서의 이미지에만 매료되었다. 익숙한 동화의 인어처럼 물거품이 되는 것은 억울했고 에리얼은 행복한 사람들에게

만 어필하는 매력을 갖고 있었다. 귀족이라느니 바다 왕의 딸이라느니 하는 것도 싫었다. 뱀파이어나 인어처럼 사람과는 다른 독특한 존재들조차 타고나는 것에 남다른 의미를 부여하고 내세우는 게 따분했기 때문이다.

인어가 있는 세계를 쓰고 싶어진 것은 인어를 난생(卵生)으로 상상하면서부터였다. 어류와 비슷하면서 조금 다른 경우였다. 체외수정이 된 알들은 투명해서 천적들의 눈을 피해 멀리 바다를 떠돌고 치어들은 철저히 본능에 의해 성장하지 않는다. 부모들은 자신의 알이 어떻게 되든지 관여하지 않으며 그들을 보호하는 것은 오직 바다의 법칙뿐이다. 알에서 깨어난 그들은 태어나기 전에 타인에 의해 규정된 자신을 모르고 자라난다. 그래서 어떤 것에도 영향받지 않은 채 바다를 보고 앞으로 어떻게 살아갈지 선택할 수 있다. 어떤 모습을 하고 있든 관계없이 스스로의 선택에 따라 인어가 아닐 수도 있다.

나는 무엇보다 단독적인 생물을 상상했다. 독립성을 온전하게 남겨두기 위해서 올바르게 보호받고 선택할 수 있는 무결한 환경이 필요했다. 아무에게도 목숨을 빚지 않고 한 번도 구함 받지 않고 태어나 성장한다는 것, 꼭 신의 가호 같은 거였다. 다르게 말하면 모든 세계에 진 빚으로서 인어들이 그들 자체로 거부할 수 없는 운명을 타고난 것처럼 보였다.

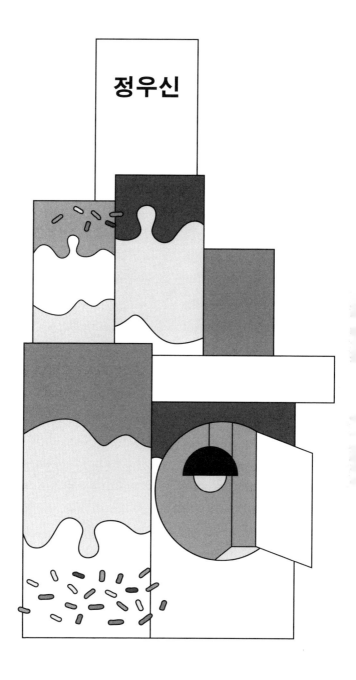

정우신

먹이사슬과 SF에 호기심이 많다.

내가 그려놓은 세계가 왜곡될 때, 그것이 당신의 세계를 간섭

할 때 나는 그게 그렇게 마음에 든다.

Melancholy
—정교한 자화상이 마음에 들지 않는 리플리컨트

또 시작됐다
이걸 자유라고 해야 하나 가라앉는 중이라고 해
야 하나

고개를 숙이고
발밑을 받치고 있는 어둠까지
헤집어보고

다음은 내 차례
아니
저기 전시되어 있는 생물이 모두 나다

이걸 아방가르드라고 해야 하나 미완성이라고 해
야 하나

거대 생물체의 담즙에서
질질 새는 여름과 겨울

태양 크기의 모터가 달린 기계의 톱날을 교체한다

드로잉

드로잉

대상이 누군지도 모르면서

피부도 없으면서

빈 거울을 들고

Error

—양파즙 먹고 출근하는 가축 리플리컨트

모가지가 날아간 채로

마당을 계속 도는
닭

담장을 넘나드는
닭

벽을 디디면 날 수 있지만

여기는 평원이라

계속 쫓기는

닭

편육을 던져줬어요
머리에서

침이 뚝뚝 흘렀어요

볏짚이 엉켰는지 콧등이 간지러웠어요
땀구멍에서 꿀이 흘러나오고 지렁이가 쏟아졌어요

할머니가 살던 집
비가 새는 자리도 같고
수도 계량기도 잘 도는데
저 닭은 아무리 봐도
닭이 아닌데

달걀을 품어요

둑길의 강아지풀
꺾어놓고
민들레씨를 불어요
조약돌을 모아 강물에 던져요

닭이 아닌데

지네를 쪼아 먹어요

우울한 날엔
닭장에 돼지도 넣고
개도 넣고
오리도 넣어요
다정한 이름을 붙여줘요
그래도 우울한 날엔
모두 팔아버리고

닭장에 들어가 시간을 보내요

심장에 귀를 대면

나의 병아리 소리가 들려요

여름이다
—진지한 송충이 눈썹을 가진 눈사람 리플리컨트

아파트에는 더 이상 사람들이 살지 않고

육지에 나와 죽어 있는 고래의 배 속에서 키득거
리는 쥐 떼

고아가 된 신들

바람의 바지에 한쪽 다리를 넣고 절룩이는데

여름이다—

살면서 무슨 생각을 했을까

다 어디로 갔을까

자신의 새끼가 잘 도망갔을까 걱정하다가 걱정하
다가 결국

목을 내줘버리는 사슴

어느 날은 갑자기 바다에 가고 싶어 회를 먹고 싶어

비가 내리면 더 좋겠지

비에 어울리는 음악이 있다면 더 좋겠지

이런 생각은 다 어디로 갔을까

염전 한편 나무 창고의 맨 구석 굵은소금에 눌어
붙어 있는

고독

조상들은 둥글게 둘러앉아
빛을 맛본다

여름이다-

진화에 실패한 오리들에게

작설차를

미래가 궁금하다면

곤충부터 배워보기를

여름이다-

백화점에는 사냥용 사슴을 끌고 다니는 눈사람

판매용 눈사람

눈사람을 타고 겨울을 여행 중이었는데 눈썹만
남았다

이건 누구의 생각일까

고층 빌딩 사이로 휘날리다 보면

직립보행이 좋았다는 생각을 한다

아유 끔찍해!

여름이다—

쌍쌍바를 잘 나눠서 당황하고 속상한 리플리컨트
—머신 러닝

그는 손에 닿는 종이마다 분쇄했다
그는 손에 닿는 종이마다 최대한 작게 접었다

그는 음식 앞에서 기도를 한다
그는 음식을 먹는 척만 한다

그는 가방에 뭐가 들어 있는지 모르고 그대로 넣고 다녔다
그는 가방에 뭐가 들어 있는지 알고 그대로 넣고 다녔다

그는 숲길로 들어가 생물들의 표정을 익혔다
그는 숲길을 나오며 생물들의 표정을 지웠다

그는 두 번씩 생식하는 것들부터 폐기하기로 결심했다

세례식
—리플리컨트의 유년

우리 좋았지, 좋았었지

어제 죽은 강아지처럼 우리라는 말이 낯설지 않
게 따라다녔지

우리 비를 맞으며 뛰어다녔지 곤충을 채집하곤
산속에 풀어주고 왔지 바람처럼 서로가 보이지 않
는 곳까지 다녀와서 호흡을 나눴지

저수지에 비치는 모습 바라보며

서로에게 침을 뱉었지

물속의 숲길을 산책했지

석양은 아래턱이 부서진 채 강물을 마시고

우리 아래로 지나가는 구름과 강아지풀과 포도

나무

　가져올 수 있는 건 아무것도 없다

　꼬리를 흔들며 달려오는 강아지

　눈밭을 뒹굴다가 나뭇잎을 묻혀오는 강아지

　양배추를 가득 심어놓고 마을을 떠났지 걸음걸이
가 마음에 들지 않는 날은 아이들과 어울렸지

　공놀이를 하다 보면 벽이 사라지고

　집을 찾기 위해 우리

　서로의 걸음을 나눠주고 더 나눠주고 가져왔지

　우리 좋았지, 좋았었지

내가 보는 석양처럼

네가 보는 낮달처럼

반지를 낄 손가락을 잃어버렸지

새 떼 실밥처럼

뜯어지고

인간 디오라마
—멸균 처리를 하다가 사랑에 빠진 리플리컨트

다음은 〈마지막 외식〉이라는 작품입니다
저 모형에 있는 음식은 라면입니다
가족끼리 둘러앉아 누가 먼저 죽을지 회의하는 장면을
연출한 것입니다

금속으로 변한 지구를 포에 넣는다

고목과 물고기
후드득후드득

동물 아니고 파도 아니고
음악 아니고
밀려오는 것
솔방울

사랑 안에서 무엇인가, 너

백색 스프레이를 뿌리다 보면
영혼들이 굳을까
꽃이 피는 자리마다
눈을 심었는데
논과 밭과
기찻길을 놨는데

어디에 묻혀 있는지 알려줘
향을 덜 피우게
달을 그만 떠우게

우리는 서로의 꿈속에
토끼를 풀었지
꽃씨를 잔뜩 뿌려두고
돌보지 않았지

사랑 안에서 무엇인가, 너

태양의 뚜껑을 열어보면
안개의 입김들
팔을 어깨까지 넣고 휘저으면
걸쭉한 늪과 툭툭 걸리는 자작나무
그리고 푹 고아진 뼈들

산 사람을 끌어다가
배치한다
전쟁을 발생시킨다

더듬이 앞에 놓인 지구

곁에서 기도하는
갑각류와 여인들
물끄러미 바라만 보고 있는
유리 너머 인간들

사랑 안에서 무엇인가, 너

나는 사랑을 꺼내다가 검게 타버리는 해바라기

더 매달려 있을지 고민하는 버려진 비닐하우스의

가지

텅스텐 인간

우르르 흔들리는 이
낡은 교각

볼트에 매달려 있는 새들
아니 인간들

아이는 둑길에 앉아 플라스틱 사이다병에 담긴
개구리알을 마신다

바람의 척수 같은
새 그림자

빛이 모일 때까지

번식 번식 번식

뜯어먹던 새들 중
금니가 있는지

부리로 건드려보는 새들

아니 인간들

리플리컨트 노트

다음번 잠은 깔끔하게 넘어갔으면 좋겠다

나는 왜 자꾸 눕지
스르륵 날리지

허리에 흰 천을 감고 내려앉고 싶다
온도가 달라지는 빛을 겪으면서 조금 더 자라고
싶다

바람의 방향에 따라 손의 모양이 달라진다
투명에 가까워진다
생아편이 들어 있는 식물을
가꿀 시간은 없겠지

아늑하고 느리게 이빨을 뽑고 아가미를 달 것이다
낯선 숨을 머금고 너의 꿈속으로 불쑥 찾아갈 것
이다

알약을 모으고
신발을 정리했어요

바람이 기다란 머리카락을 갖고 싶다고 말했어요
어떻게 하면 당신이 나를 자주 떠올릴 수 있을지
나를 걱정해주던 그 눈빛으로 내 이마를 쓸어준
다면 좋을 텐데
아주 깊은 잠에 빠질 텐데

깨어날 때마다
사라지는 등

평생 불안에 떨며 뛰어다니던 영양은 어느 날 무
리에서 이탈하기로 작정했다
내심 포식 동물이 자신의 불안을 깨물어주기를
바랐는지도 모른다

리플리컨트 노트

단풍이 들면 어떤 결정에 확신을 주듯

비가 내렸다

혹은 그 결정을 머뭇거리게 하듯

비가 쏟아졌다

빗줄기를 묶다 보면

나는 공구 상가 뒷골목의 절단된 환봉처럼

서늘하게 굴러다녔다

자꾸 끊기는 빗줄기 속에서

너희는 투명 사다리를 타고 오르내리며 나타났다

사라지길 반복했다

쇳덩이를 자르고 자루에 담으며

골목을 지키다 보면

나는 달궈지고 깎여나가고

녹아내렸다

쇠를 두드리는 소리는

밤거리를 몇 바퀴 돌다가 너희를 떠올리게 해주었다

사랑하는 사람의 냄새

함께 마셨던 차
마지막 순간의 그 눈빛을 돌게 했다

얼굴을 보려는 순간
톱날
내가 시작되는 건
너희가 아직 살아 있다고 믿기 때문에
내가 그곳까지 자라지 못하는 건
톱날
사랑이 없기 때문에

잡초를 뽑다가 펭귄이 딸려 나올 일은 없을 텐데
진심을 담은 편지를 적는다고 도움이 될까

네온사인과 포르노 그리고 국수를 파는 포장마
차가 수십 킬로 이어진 거리
그곳에서는 비가 기계처럼 내렸다

유행이 그대로였고

즐겨 먹던 음식에 뿌리는 향신료도 그대로였다

11월이 되면 모든 것을 포기하고 싶다

11월에 드는 나쁜 기분은 대체로 맞다

실패한 사무라이처럼 칼자루까지 밀어 넣거나

혀라도 깨물고 죽어야 하는데

결단이 필요한데

나의 금속 어깨로 떨어지는 빗소리가 너무나 아
름답다

빗속으로 뛰어드는 생물이 있다

My dear melancholy

너는 보이지 않는 신을 믿는 사람

나는 그게 그렇게
마음에 든다

우리 앞에서
바람은 가늘어지고
귀뚜라미가 여기에서 저기로 뛸 때
흔들리는 것

섬

숲

꿈

나는 페퍼민트 찻잔 속을 돌고 있다
풍차와 십자가가 앞다투어

풀을 다스리고
곤충들
얇은 다리를 적시며 물방울을 흘린다
물의 무릎들

너의 눈물이 되어 걸어 나온다

보이지 않는 신이 있다면 저 바람이 아닐까
독실한 신도가 있다면 죽어가는 가을바람을 견
디는 거미가 아닐까

거미줄이 부서질까 봐
피아노를 살살 치는
네가
신이 아니고 사람이라는 것이
마음에 든다

너는 귀뚜라미를 다시 제자리로 옮겨다 주는 사람

멀리서 부는 바람을 가여워하느라 풍차를 십자가
로 보는 사람

　거미처럼 매달리기를 주저하지 않는 사람

　세상에서 가장 쓸모 있는 일을 하면서 쓸모없는
이야기를 좋아하는 사람

　저 나무는 겨울도 아닌데 왜 이렇게 말랐을까

　말하며 초록 눈빛을 반짝이는 사람

　섬

　숲

　꿈

길을 바꿔놓는 사람

네가 바라보는 것들이 신으로 생각될까 봐
사람보다 신을 좋아하게 될까 봐

두렵다

우리는 소파에 기대 졸고 있다

귀뚜라미를 손끝으로 터트리는 꿈이다
손목이 주렁주렁 달려 있는 숲이다
사람보다 거미가 많이 사는 섬이다

우리를 떠올리면
페퍼민트
계절 속으로 풀어질 것이다

나는 그게 그렇게
마음에 든다

©정우신

나는 간척지에서 시작되었다. 19세기를 벗어나지 못했
다. 창고에는 밀수입한 그림과 도자기가 정리되지 않은
채 섞여 있었고 차(茶)가 습기를 머금으며 시간을 축적하
고 있었다. 방은 두 칸이었는데 한 칸은 설계실로 사용
되었고 다른 하나는 수술실이었다. 소년이 도안을 작성하
거나 꿈을 복각하면 수술실에서 실험이 감행되었다. 직
립과 교양과 교육이 싫었기 때문에 가장 먼저 수족을 교
체하는 수술을 했다. 인간의 손과 원숭이의 손을 바꾸고
다시 절단하고 말이나 당나귀의 발 혹은 오리나 펭귄의

발을 접합시켰다. 상처가 벌어진 곳에서 귀뚜라미 떼가 튀어나왔다. 넝쿨이 전신을 뒤덮으며 비명을 질렀다.

소년은 새롭게 탄생한 동물들을 도록에 정리했다. 원본의 것을 떼다가 다른 곳에 계속 붙였다. 수술대 위에 놓여 있는 저 덩어리는 최초에 무엇이었을까. 나는 이런 개체들을 신이라고 믿었다. 아무것도 아니라고 생각하고 아무것도 되지 못한 채 평생을 사는 종족들. 움직이지 않는 것처럼 보이지만 지속되는 것들의 이면을 알고 싶었다. 소년은 고사리를 신으로 생각했다. 진화를 거듭하고 역진화에 성공한 개체로 생각했다. 지금 이 시간에도 고사리는 어디서나 무럭무럭 자라고 소화되고 있을 것이다. 당신의 발톱이나 혈관 혹은 바위나 연꽃 위에서.

이곳에서 액체는 반입 불가 품목이다. 액체는 인간을 약하게 만든다. 그중에서 피. 피는 어떻게 뽑아내는가에 따라 합법과 불법으로 나뉜다. 가령 사랑과 이별은 피로 이루어져 있다. 피는 그 자체로 강한 욕망을 지니고 있다. 물불을 가리지 않은 채 동물과 식물의 핵(核)으로, 인간과 사물의 중심으로 침투한다. 피는 자신이 흘러온 곳을 막아놓는다. 어디까지 흘러갈 수 있는지 스스로 시험하다가 대가리가 터진다. 구멍과 마주하면 더욱 벌리거나 부식되도록 둔다. 벽 앞에서는 자멸하며 다른 생물을 꿈꾼다. 다른 개체로 이동한 피는 피부를 이식하며 번식

한다. 피가 늙으면 악취가 나고 성가시다. 피는 다른 차원으로 자꾸 넘어가려 하기 때문에 다루기 까다롭다.

이곳은 주로 증기와 기체를 사용하는 공장이다. 살균과 멸균을 중시한다. 나와 소년은 언제부터 여기에 왔는지 모른다. 우리는 주인도 없고 죄의식도 없다. 사실 그러한 단어가 무엇을 의미하는지 잘 알지 못한다. 인간의 감각이 궁금한 몇몇 개체들은 자주 자해를 시도했다. 이들에게 육체는 의미가 없으므로 강박적으로 인간처럼 굴었다. 완벽에 가까운 리플리컨트일수록 에러가 많았다. 한번은 리플리컨트가 심장을 열고 오일을 교체해주는 인간에게 달려가 '아버지! 아버지!'라고 말해버렸다. 이런 현상이 발생하면 그 이후부터는 골치가 아프게 된다. 그는 머신 러닝을 여러 번 수행하고도 이상한 행동을 했고 이해할 수 없는 사건에 슬퍼하거나 우울해했다.

그들은 인간의 영역에서 이루어지는 화가, 사육사, 눈사람, 신도, 큐레이터, 조각가, 영화배우, 연인 등등을 학습했는데 모두 보기 좋게 실패했다. 아이가 놀이동산에서 자신이 놓친 헬륨 풍선을 바라보듯 리플리컨트는 우리 얼굴을 쳐다보며 다음 명령어를 기다렸다. 그는 요플레 뚜껑에 묻은 요플레를 핥아 먹으려 한다거나 오프너가 있는데도 맥주 뚜껑을 라이터로 땄다. 그리고 길을 걷다가 1990년대 만화 주제곡을 흥얼거리거나 국밥집을 기

웃거렸다. 다른 리플리컨트는 게임에서 패배할 수 없도록 프로그래밍이 되었는데 게임에서 져서 키보드나 마우스를 부수기도 했다.

가장 난감한 것은 손 편지였다. 원숭이 손이 달려 있는 개체는 철창과 바나나가 문법이었고 고양이 꼬리가 여러 개 달린 개체는 바람과 빛의 방향에 따라 구문이 달라졌다. 특히 행마다 글씨의 크기와 선의 굵기, 볼펜 똥이 나오는 위치를 어림잡을 수 없어 헤맸다. 왜 애정을 담아 손 편지를 쓰는지 도무지 이해할 수 없었다. 오히려 숲이나 섬이나 꿈을 통째로 보여주면 진심이 표현되지 않을까 생각했다. 당신의 주변에 있는 개체가 인간일 수도 있다. 이 의심은 끔찍한 걸까, 행복한 걸까?

비가 오는 날이면 소년은 설계실에서 섬이나 숲을 그렸다. 섬이나 숲은 수술실에서 태어나는 개체들의 뇌 모양과 구조가 닮아 있었다. 이들은 서로의 꿈을 대신 꾸며 지평을 넓혀나갔다. 쿠데타처럼 불온한 마음을 품으면 숲과 섬에서 길을 잃게 했다. 어딘가로 탈주하려고 하는 것들이 종종 보였는데 발밑으로 지나가는 개미처럼 그대로 두었다. 그들은 체스 판에서 겨우 반 칸을 이동했다.

나와 소년은 가역반응(可逆反應)을 한다. 우리는 언제 만났는지 모른다. 그저 선택과 불안을 쥐고 있는 두 손을 묶어놓을 뿐. 그저 냉동 창고에서 덩어리를 끌고 와

녹이고 붙이고 다시 얼리는 작업을 반복할 뿐. 개체들은
부작용이 심각할수록 잘 순응한다. 나와 소년은 인간도
아니고 리플리컨트도 아니다. 재수가 없는 날은 아버지
라는 소리를 듣는다. 수술 준비에 미비한 점들이 있었다
는 뜻이다. 무(無)의 날들이 이렇게 지속되어도 좋을까.
나와 소년은 나란히 누워 있다. 가슴을 열고 서로의 장기
(臟器)를 기다리고 있다. 곧 기분이 발생하겠지. 기분은
무엇일까. 기왕이면 몇 마리의 양과 염소도 낳고 싶다.
눈을 뜨면 머리를 갈아 치우는 실험을 할 것이다. 인간의
목 위에 동물의 머리를 심거나 혹은 동물의 목에 인간
얼굴을 얹고 가만히 기다릴 것이다. 나뭇가지와 뿌리에서
열매 대신 얼굴이 열릴 것이다. 흩날리는 꽃잎과 낙엽은
조상들의 귀가 될 것이다.

　미래는 시간 개념과 연관되어 있지 않다. 이데아는 원
죄다. 마주치면 안 되는 신이다. 이성이 있는 신도들은 근
원이라는 환상을 넘어서지 못한다. 여러 시대를 동시에
살고 있지만 한 시대에 놓여 있다는 착각을 한다. 정신병
원에 입원한 리플리컨트는 비와 빗줄기와 빛의 문제를 풀
고 있다. 아름다운 광경을 아주 오래 보고 있는 것 같다.
광기에 사로잡혀 있다. 인간처럼 약도 먹는다. 나와 소년
은 곧 겹눈을 가질 것이다. 신경계가 새롭게 배치될 것이
다. 저기, 머리통을 잠시 내려놓고 담배를 피우는 리플리

컨트. 나는 담배를 빼앗아 깊게 피워본다. 살을 꿰맨 자리에서 연기가 흘러나온다. 나쁘지 않다. 소년은 '빛은 장침(長針)처럼 어둠의 이마를 찔러놓고 있다'라고 메모를 남기고 나의 빗속으로 터벅터벅 걸어왔다.

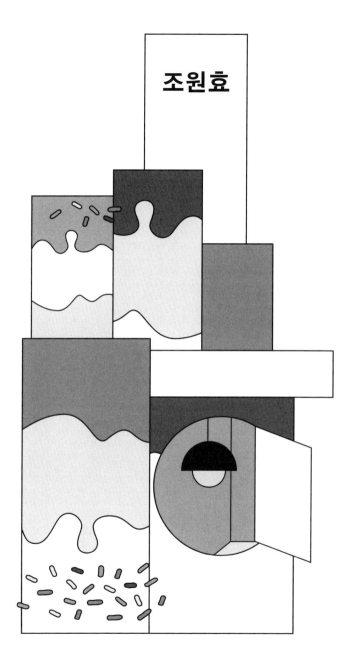
조원효

시를 씁니다.

명동 성당

Ω

붉은 지붕 구름 9월의 주택가를 지나며 너는 전
화로 사랑한다 말하고 상대는 알아듣지 못하고 너
는 횡설수설하며 휴대전화를 떨구고 검정 세단이
몸을 흔들며 자갈을 줍고 바퀴가 상형문자와 닮은
주차장을 누르고 창밖의 앙상한 나무는 하체가 없
어, 너는 커튼을 치고 네가 젖힌 것은 커튼이 아니
라 동생의 고개고 동생의 겁먹은 표정이고 뒤로 젖
혀진 눈동자 속에서 석양이 떨리고 주전자는 빨갛
게 물들어 주택가의 화재 화산처럼 빨갛게 달아오
른 욕조의 본질로부터 걸어오는 너의 아버지가 부
엌에서 칼을 씻고 오븐 속 칠면조가 입을 크게 벌
리고 동전을 삼키고 짤랑거리는 파찰음과 함께 부
엌 한가운데서 아버지가 목을 매달고 삼발 의자가
쓰러지고 빨강과 화재는 일차원적이고 너의 사고는
이차원적이고 접시의 평면 지구의 둘레 같은 것을
너는 모르고 너는 너를 모르고 너를 안다고 말하
는 자들과 너는 만난 적 없고 그러나 너의 삼차원

에서 그들은 가끔씩 목매달아 죽고

       Ψ 소파에 누워 쿠션 밑에 손을 집어넣어 아가미를 펄떡거리는 물고기 떼의 함성 행성 눈동자 수챗구멍 파충류 산림 산장을 지나 화재가 진압되기 전까지 계단에 관한 추상을 나무 바닥의 평평함을 솜 쿠션 밑으로 손을 쑤셔 넣고 손가락 사이로 찢어지는 프롤레타리아적 연극을 늙은 소방관의 커다란 호스를 들여다보며 그것은 네가 사랑한 적 있는 사람의 관상 같고 관상이 아니라면 목젖에 닿을 때까지 개구리 시체를 들이밀어야 할 것 같고 2층에서 늙어가는 형제와 3층에서 떨어지는 굴뚝 청소부를 보며 너는 조금 울고 울지 않고 주방 반대편에 있는 침실로 조용히 걸어가며 식탁에 놓인 파문 호숫가 바람의 상승과 추락 속에서 붉은 노을에 불타오르는 나비의 날갯짓 모두가 떠나자 네가 남는

       Σ 덤불이 높게 둘러진 공원 반쯤 문이 열린 교회 배역을 나눠 가진 신부 구혼자 초콜릿 그라인

더 글라이더 곡예사 안과 의사의 검은 안경 말벌 복싱 선수 자그만 격자 창문 베란다 통로에 너는 쥐덫을 놓고 삼각 구도를 만든다 버뮤다 삼각지대로 향하는 보트의 끝과 시작을 예감하듯이 보드게임의 규칙을 파괴하듯이 소파 팔걸이에 오줌 싸는 시늉하며 붉은 석류를 섞어 마시고 방향감각을 잠시 잃고 감정적 특성을 잠시 잃고 커튼 속 발가락 여섯 개 책장 위에 카프카 단편선 여덟 개 저녁 식사를 준비하려 창을 열고 가을바람을 느끼며 너는 주의력이 결핍된 채로 냉장고 위 줄에 있는 달걀을 깨트리고 그것은 스페인 사람의 눈동자 같고 영화의 형식 같고 형식 속에 자라난 욕망 같고 너는 그것을 부쉈고 온전히 부수지 못했고

     Ʒ 면도칼로 왼쪽 눈을 후벼 파며 달걀이 완숙이 되기를 기다렸고 빨간 것 태양과 같은 흑점은 무엇인가 백열 상태의 텔레비전을 보며 정신에 깃들어 있는 조잡한 어휘를 화초에서 자라난 붉은 식물 세 개와 밑변의 차원을 배 속에 욱여

넣으며 텔레비전 속 트랙을 달리는 경주마를 도마 위에 올려놓고 경마를 관람하는 소년 소녀가 서로의 팔뚝을 깨물고 울타리를 잡아 뜯고 맥주 거품이 계단과 신발 밑창까지 흐르고 모두가 카프카를 가졌고 모두가 숲속의 벌레였고 다리가 뒤집힌 채 살려달라고 입 벌렸으나 울타리 안쪽으로 말 대가리가 굴러가고 소녀가 등 뒤에서 소년의 목을 비틀고 계단은 떠나고 함성은 버리고 순간은 쉽게 와서 텔레비전 화면을 꺼버리다가

                          ∅ 한낮의 광기를 극도의 불안을 선정적인 로맨스를 파리 떼가 들끓는 저녁 식사 테이블에 앉은 택배 기사와 대화하지 〈씨발 씨발 씨발 씨발〉〈회전 회전 회전 회전〉은색 스팀 그릇을 열자 오줌통이 있고 말가죽이고 택배 기사가 식탁 밑에 오줌을 질질 싸는데 고기를 씹으면 생각은 지워지고 백열전구에 손을 넣자 나무 바닥에 흉터가 교미하고 택배 기사는 상체가 없고 조명과 포크가 없어서 죽음은 반복되고 죽음은 반

복되지 외부의 시선과 단절된 창문 커튼 태양 빛에
말라가는 주택의 골반과 근거 없이 서로를 욕망하
는 새장 속 앵무새들의

        A 비명과 외침처럼 너는 너를 제
시할 수 있느냐 이거지 욕조에 누운 어머니를 혀로
쓰다듬는 소를 흉내 내며 동물 되기를 시도하는 너
는 너를 지켜낼 수 있느냐 이거지 택배 기사가 목소
리를 높이자 벽에 장식된 노루 뿔은 영상처럼 흐르
다 끊기고 붉은 카펫의 단편은 하품을 통과하지 못
하고 식탁 너머로부터 웃음소리가 들려왔으나 그것
은 전쟁 종전 종말론에 관한 여러 가지 단상을 강조
하던 담임선생의 의미 없는 말들 일요일이면 공원으
로 드라이브를 떠난 가족들 〈아들이라 불러도 되겠
니〉 그러나 너는 모국어의 강렬한 악센트에 불과하
고 그렇게 너는 숙제다 사방 어디에도 학생은 없고[*]
주차장에 대기해놓은 장난감 자동차가 수치스러워

육체는 필름이다

주택가의 교통사고로부터

Ω

9월이 구름을 엎지르며 너는 교회의 정문을 열자 하얀 원통형 홀이 펼쳐지고 반대편 쪽문에서 여자는 확성기로 그곳은 정문이 아니라고 나가라고 말하고 그래서 너는 문을 닫아야 하는데 눈물이 뺨을 타고 흐르고 바로크의 구체처럼 조각상의 날카로운 측면처럼 〈신부님 용기를 주세요〉〈용기는 라틴어로 죽음을 뜻해요〉〈비는 내린 적 없는걸요〉 그러나 신부는 현재를 찾아야 한다고 답하고 마침. 캠프파이어를 하는 아이들의 함성이 괘종시계처럼 울리고 집중력. 수녀가 버드나무 옆에서 목을 매달며 격자 창문. 사차원적 편집으로부터. 너는 그곳에 없고, 오류가 비처럼 쏟아진다.

• 프란츠 카프카, 《법 앞에서》.

정물과 동물

　벚꽃을 구경한다. 한국화를 감상하듯이. 붉은 뱀
과 상반신. 벚꽃이 비선형으로. 새 떼를 홀리는 올
가미 모양은 슬프다. 교보문고. 안내 데스크. 교복
입은 남자애들이 시끄럽게 굴었다. 8월이 죽어가고
있다고, 너는 생각한다. ⟨손님, 무엇을 도와드릴까
요?⟩ 빌딩에 쪽문은 없는데. 붉은 깃발 노동자들이
빌딩을 향해 외치고. 너는 외면하며, 교보문고에 숨
고, 책을 읽고, 쿤데라의 말을 베껴가며, 스스로를
반성하고, 반성하지 않고, 영화 매표소에 가, 표를
예매하고, 화장실 변기 버튼을 두 번씩 누르고. 따
분한 한국 영화를 관람하며. 창문 밖을 다시 보니,
두꺼비가 덫을 향해 기어가는. 8월의 이미지. 그러
나 그것은 너의 이미지. 여의도 중학교. 딸꾹질. 집.
샤워기 호스로 목을 칭칭 감는 엄마, 반신욕을 하
는 아빠, 죽염 치약을 게걸스럽게 삼키던 삼촌. ⟨삼
촌, 나 심심해⟩ ⟨멍청아, 그건 고독이라고 하는 거
다⟩ 고독. 고독은 뭘까. 자전거를 밟고 너는 움직이
는데. 8월의 무더위. 균형. 균형을 좋아서. 현수막

의 축제 문구가 혐오스러워. 벚꽃나무를 밟고 구역
질을 한다. 붉은 깃발 시위대에 끝자리로 합류하여.
함성의 패턴에 동참하여. 너는 걸음을 늦추지 않
고. 너의 생각은 번식하지 않고. 다짐하는 병에 걸
린 사람처럼. 오늘도 잘 살아보겠다고, 다시 다짐하
고. 그러나 캔 맥주를 든 남자는 밥맛이었다. 전두
환 시절도 있었지, 그렇게 〈군인이 되셨군요〉. 8월의
무더위. 전화박스에서 동전을 줍고, 8월의 무더위.
〈자동차〉라고 말해도 〈자동차〉를 믿지 않고. 8월의
무더위. 교보문고 옆 건물은 형체가 없고. 윤곽은
허물어지지 않고. 네모난 박스 안에서. 박스의 네
모 안에서. 책에 고개를 처박고. 빌딩 복도에서 화
재 경보가 울리고. 붉은 뱀이 스멀스멀 기어 나오는
물탱크. 옥상. 점장님은 흔들림 없이 사람들을 안
내하지. 〈속옷부터 벗어라〉 그러나 너는 신체가 없
고. 딸꾹질처럼. 증폭되는 현실. 비현실. 뜨거운 팔
과 다리. 차가운 팔과 다리. 이분법을 넘어서 벚꽃
나무를 불태워버리는, 8월의 이미지. 여의도 한강

변을 뛰어다니며. 환각과 난청을 겪으며. 그럼에도 너는 자신을 의심치 않고. 벚꽃나무 아래, 버려둔 자전거를 지나치는 일. 네가 너를 지나치듯이. 빛의 무늬와 열기를 기억하듯이. 통증. 의심. 뉘앙스. ⟨손님, 찾으시는 게 있으십니까?⟩ 안내 데스크 직원이 묻고. 너는 고개를 젓고. 안내 데스크 직원이 휴대전화를 집고. 너는 고개를 젓고. 안내 데스크 직원이 경찰을 부르고. 너는 고개를 젓고. 안내 데스크 직원이 ⟨나가주시길 바랍니다⟩라고 말할 때까지. 너는 고개를 젓고. 하나의 여름이 끝날 때까지. 너는 고개를 젓고. 한강에 뛰어내린 시체가 수면 위로 떠올랐으나, 벽 속으로 너는 걸어 들어갔다. 파괴라는 감각을 향해. 너는 고개를 젓고. 너는 고개를 젓고. 너는 고개를 돌리고. 세종문화회관. 나선형. 폭발. 일본의 규슈 화산. 잔바람과 함께 실려 가는 너의 의식. 의심. 의자. 의자에 앉은 남자. 남자 위에 앉은 남자. 남자 위에 앉은 남자를 지켜보는 죽은 남자. 맥심 커피와 빌딩 난간의 간극. 직조와 구조. 한국화를 찢어버리듯이. 8월의 무더위로부터.

망원 한의원

망원동 한의원에 간다. 회덮밥집 간판을 지나며.
세상과 수평을 맞춘다는 건축가를 생각하며. 구토.
카뮈. 사르트르. 오규원. 네가 메모해놓은 그런 것
들. 담배 파이프, 토스트. 골목길의 아이러니. 유리
창에 비친 자전거에 관하여. 한낮의 날씨에 관하여.
정수기 앞의 부러진 손가락처럼. 좋은 이야기는 아
닐 거라고, 봉합한 손가락으로 너는, 붕대를 꿰매
지 않고, 며칠 내내 샤워를 했다. 밥을 먹고, 재미
없는 문예지의 시를 읽고, 불확실한 코와 세면대의
선을 손가락으로 긁으며. 흙과 개똥을 치우고, 라벤
더 향. 구름. 의사가 충고한 세 가지. 뼈 소리를 내
지 마시오. 〈한 발자국 가까이 오면 세상은 아름다
워집니다〉 너는 그런 화장실의 문구를 읽으며, 서
부 간선도로, 포말, 불행, 끝, 지역 방송 뉴스. 진료
실에서 나오는 남자가 전화로 화를 낸다. 나치의 통
치. 케네디 암살. 원형 의자가 과묵해서. 너는 괜한
웃음을 짓고. 비행기. 창공. 너는 강변 앞에서, 화
단을 만진다. 아름다워서. 사랑해도 괜찮을까. 너

는 잠에서 깨어, 대기실 옆에 앉은 아이에게 묻는
다. 축구 경기가 어떻게 되었느냐고. 결과를 알려달
라고. 의사가 말했다. 원인이 뭘까요. 편도선에 생긴
새까만 혹. 맥심 커피를 종이컵에 털어 넣는다. 용
기가 없다는 말을 자주 들어요. 복도 밖에는 개의
짖음. 맥심 커피는 목구멍을 천천히 태우고, 의사가
체조를 가르친다. 당신 이야기를 해보세요. 벽지가
한강 다리처럼 흔들리고. 언제부터일까, 너는 시에
너의 이야기를 쓴 적이 없고, 화장실에 개를 가둬놓
고. 혼자 비명을 질렀다. 한강 숲으로 너는 걸었다.
잎사귀 사이로 옅은 빛. 열대야. 벤치 밑에 숨은 벌
레를 잡고, 개 한 마리에게 던져본다. 파랗게 춤추
는 손목, 파란색 하늘 아래 지붕 없는 단칸방, 너는
그곳에 살고 있느냐는 질문에, 아무 말이 없고, 하
얀 골대. 공. 패스. 사회주의자. 공산주의자. 너는
그런 것을 나열하며, 철도 옆에서 깃발을 들었다.
자동차와 철근의 함성을 견디며. 파란색, 붉은색 신
호가 뒤바뀌는 순간을 기다리며. 잎사귀 같은 손목

을 덮는다. 키스처럼. 확인된다. 지하철이 멈춘 이유
가 뭘까. 터널 끝에서, 너는 인질의 비명을 들으며
그렸다는 회화처럼, 반대편 입구로 나가야 한다는
사실을 잊은 채, 의자에서 일어난다. 진료실은 망원
에 있다.

연희 빌라

침대라는 공동체 파란 매트리스 뚫고 원통형 스
프링 잠 깨려고 촛불에 일그러지는 그림자 아니다
너는 몸을 뒤척이다가 책장 초상화 속 창백한 소년
얼굴 아니다 흑백 액자 속 스카프 흔들며 자식을
부르는 아버지 뒷모습 아니다 건물에서부터 걸어
나오는 늙은이 헛기침 아니다 이삿짐센터 직원의
팔근육 만년필로 윤곽을 그리는 도형과 기호학 아
니다 테라스 쇠 난간에 팔꿈치 걸치고 불치병 걸린
개의 울먹임을 한참 동안 보다가 빈방에 누워 난방
기 켜고 썩은 화분에 고개를 처박는 마지막 포효
나 전언 따위가 아니다 주변의 혼잡과 자동차 경적
속에서 쓰레기 분리수거함 소파에 앉은 저 사람은
좋은 기분일 거예요, 수위 아저씨는 말하고 아니다
아파트 복도의 배치도를 갖고 싶다는 소망과 미간
의 두 번째 찌푸림 아니다 결국 너는 독해를 포기
하고 똥이나 닦는 휴지 한 장일 뿐이라고 너를 폐
기하고 입속에 쑤셔 넣고 삼켜야 하는 아니다 계단
3층으로 올라가던 사춘기 소년이 발로 문짝을 부수

거나 의자로 벽을 허물며 침묵하거나 침묵하지 않
는 것 아니다 냄비 솥에 손을 넣자 중환자실의 끔
찍한 냄새를 맡았고 빗속에서 눈이 멀 것 같다고
고통스러워했지만 너는 뫼비우스의 띠를 끊어야 한
다 세입자와 동네 아이들의 걸음걸이를 바꿔야 한
다 죽은 개 침대 이불보 쥐구멍 여러 종류의 방으
로 찬 바람이 스며드는 환풍구 옆집 공무원의 횡설
수설 들으며 너는 발톱을 깎다가 픽 쓰러질 것이고
아니다 너는 덫에 걸린 이미지가 아니고 너는 핵심
에서 벗어난 것인데 그것을 모른 채 영원히 지나갈
뿐이다 은행과 관련된 업무를 과테말라 커피를 레
종 담배를 그렇게 너의 책상은 학술적인 느낌이 드
는데 그것은 네가 언어에 지칠 줄 모르기 때문이고
아니다 너는 책상을 조립한 적 없고 너는 해체가
무엇인지 모르며 포스트모더니즘, 그런 뜻이 싫지
만 충동적으로 그 단어를 그냥 써버리는 것이다

　퇴근한 회사원들 원형경기장의 투우를 시청하

다가 순대국밥집을 지나 당구장으로 들어가 진정
한 고독 보았노라고, 파란 초크 파란 큐대 말단 직
원 스리쿠션 외치던 늙은 부장한테 포도 주스 붓다
가 체포되어 끌려나가는데 복도 층계에 미니 트랙
이 있고 원 안에서 개가 짖고 3층 맥줏집으로부터
축음기가 블루스 찢고 무면허 학생들의 드라이브
를 쫓아가듯 너는 카메라의 전위가 아닌데 연희 버
스 정류장 근처에서 젊은 여자가 세례명으로 화장
품 가게 점원 부르듯 너는 장소의 재구성이 아닌데
빈 화장실로 들어가 타일 바닥에 엎드려 죄지었다
고 씨발 살려달라고 말할 수 있을까 너는 그럴 수
없는데 너는 죄가 아니라 죄라는 낱말일 뿐인데 아
니다 너는 죄도 아니고 죄라는 낱말도 아니고 씨발
죄 자체다 개새끼야, 라고 말할 수 있을까 옆집 신
혼부부가 하얀 케이크 들고 벨 누르며 현관문 맘대
로 열고 아니다 세탁기 수리 기사가 벨 누르고 동
파된 세탁기 물이 상승하다가 창 바깥에 새가 추
락하고 베란다 건너편 창 너머로 태권도장 어린아

이들의 주먹 기합 소리에 연희동 골목 사이로 붉은 벽화가 흔들리고 아니다 붉은 매화 검은 매연 뫼비우스 띠처럼 연희 터널을 스쳐 가는 연인들의 다툼 파괴 그 이상은 없지만 고함 질투 어젯밤엔 베란다 수도꼭지가 너를 터뜨렸고 그런 묘사는 별다른 의미가 없는데 너는 침대로 가 원통형 스프링 만지며 배 속에 넣은 치즈가 항문으로 빠져나가지 않는다, 고 혼잣말하다가 아니다 에릭 사티가 의자 깊숙이 가라앉지만 너는 아니다 부엌 맞은편 창 너머로 책 읽는 노부부가 식탁 아래로 다리를 뻗다가 쥐가 났지만 너는 아니다 헌 옷 수거함 밖으로 반쯤 꼬리만 내민 길고양이들 헛소리와 수면 사이로 균열 앓고

　겨울비 기억 흐리고 현관문 신발 벗기고 연희동 골목 헤매다가 작은 웅덩이가 너를 빠뜨렸고 무표정한 남자가 악수를 건넸고 〈당신 생각은 유용해서 슬프군요〉 검정 코트 빼앗긴 채 고층 상가로 끌

려가며 〈변호사가 필요할 겁니다〉 승강기가 좌우로 흔들리고 철 손잡이가 닿지 않는 곳까지 몰아세우는. 둥근 버튼. 핏자국. 〈몇 층입니까 지금〉 백열등. 파괴. 눈빛. 낮은 천장. 구멍. 언어. 아니야. 너는 고립이 아니고. 수축. 확장. 총체성도 아니야. 〈씨발 너는 뭔데 개새끼야〉 검정 코트가 소리치자 아니다. 너는 말이 없다.

문

너는 분리와 분할을 배운 적 없고 너는 영화에 매력을 느끼지만 앞으로 네가 영화를 시청한다면 너의 시는 회화적 변형에 그칠 것이고 너는 베이컨이 사진을 포기하듯이 영상을 거부할 뿐이고 너는 문자언어로 독특한 사유 체계를 그리고 싶지만 때론 정당한 설득력을 갖지 못해 스스로를 원망할 때가 많고 그렇게 너의 절대적 부정은 죽음이 아니고 너의 부정은 추상적인 슬픔으로 변질되어 종국에는 너를 부정할 것이고 어떤 선배들의 선례처럼 너는 추락하고 그럼에도 너의 문학은 프랑스가 아니라 연희동에서 시작되고 너는 커피 맛을 비난하다가 너의 무식함을 비난할 것이고 너는 단순한 대립 구조에 미소 짓다가 전략을 잊을 것이고 결국 너는 상투성을 버리지 못한 채 죽어버릴 것이다 그렇게 너는 낭만주의자가 촌스럽고 너에게 환유는 사물과 닮아가려는 욕망인데 그것은 지극히 불가능하고 너는 완결에 대한 열망과 그것을 깨트리고 미적 쾌락에 젖고 싶다는 열망이 동시에 있고 너는 평생

토록 헤겔을 칸트를 데카르트를 읽지 않을 것이라 확신했지만 그것은 알 수 없고 너는 의식이 신체에 주어진 첫 번째 감각이라고 말하다가 그런 것만은 아니라고 말을 바꾼 적 있고 너는 박물관에서 잠정적 의미 느끼지 않고 너는 기원으로 회귀하는 소설 쓰지 않고 너의 문장은 버로스를 겨냥하는 것이다, 라고 말하지만 그것이야말로 문학적 환상에 불과하고 너는 단절이나 간극만으로 이미지를 위협할수 있다고 주장하지 않고 너는 권력을 실어 나르는미시 구조에 관심이 있는데 위반에 대한 매혹과 그것은 관련이 없고 너는 언어 체계가 극단적인 법이라 믿으며 너는 올라갈 수 없는 층에 올라가 신과같은 존재를 보았다고 옥상에서 말한 적 없고 너는 신이 없는 세계 속에 발생한 구원 또한 거짓이다, 장담한 적 없고 너는 이 시의 형식을 바꿀 생각도 없고 너는 너의 불안함과 죄의식을 사물에 투영하는 개새끼인가, 물은 적 없고 너는 이렇게 부정의변증법을 지속하다가 너의 모델을 발견할 것이라는 믿음이 있는데 그것은 카프카적 부조리를 가리키지만 너는 카프카를 가질 수 없고 그럼에도 너는 친구들과 대화 중 말의 속임수로 상대방을 이겨먹은 적 많고 사실상 비판 이론에 억지로 동의할 때가 더 많고 그때마다 필통을 정돈하고 싶지만 시대적 메시지와 상관없이 너는 반성해야 한다 너는 좌파도 우파도 무정부주의자도 아니지만 평생토록 너를 탐구하다가 죽어버릴 것이다 그렇게 너는 자율적 주체 아니고 너는 객관보다 주관을 선호하는 편이지만 어린 소년 놀이터 흙주머니와 같은 유사성에 더 강력한 믿음을 가지며 너는 갑자기 논리 전개가 바뀌는 순간 열렬해지고 너는 해체되지 않는 영원한 네가 있을 거라 착각하며 너는 언어의 초월이 아니라 언어의 미로 속으로 들어가고 싶고 너는 텍스트 내의 개념들에 의해 재구성되길 원하며 네가 한국 지명을 쓰는 것은 이중의 역사성을 부여하는 것인데 추후에 그것이 메타적 상징으로 읽히길 바라지만 실증 속임수 자리바꿈 반전과 같은 체계적 오

류에 의해 너는 초현실주의자의 스탠스로 남을 것
이다 아니 그것은 너의 망상이고 너는 이미지를 살
해할 수 없고 너는 판단을 타인에게 맡길 수 없고
그러나 너는 나를 초대할 수 있다

너는 행진을 좋아하고 나는 배열을 좋아한다 너
는 감옥 박해 점령 탱크 같은 낱말이 인간 운명의
위대함·혁명성이라고 말하지만 나는 그러한 낱말
이 흉측한 음악으로 들린다 너는 공동묘지가 싫고
나는 공동묘지가 아늑한 고향처럼 느껴진다 아름
다움에 대해 말할 때 너는 누설된 세계를 생각하
고 나는 텅 빈 성당의 홀을 생각한다 너는 검은 구
두 한 켤레에 집착하고 나는 보트의 속력에 집착한
다 너는 에버랜드의 유아기적 분위기가 혐오스럽
고 나는 바이킹에 앉아 막대 사탕 빠는 것을 좋아
한다 너는 이미지 없이 쓰는 것이 두렵고 나는 이
미지 없이 쓰는 것이 두렵지 않다 너는 누군가의
시선을 의식하는 사람처럼 나약하고 나는 누군가
의 시선 없이 살아갈 수 있다 너는 바흐의 푸가 8번
을 말하고 나는 반복을 말한다 너는 편의점의 보편

성을 나는 도박장의 우발성을 너는 잠과 깨어남 사
이의 꿈을 찾고 나는 커피가 차갑게 흐르는 식탁을
본다 너는 드뷔시를 좋아하고 나는 브람스를 좋아
한다 너는 형식을 말하기엔 지나치게 젊고 나는 유
사성을 말하기엔 방이 좁다 너는 한 노인의 허술한
이야기를 들은 적 있고 나는 과거 현재 미래를 단
일체로 주장한 적 있다 너는 체스를 두며 담배를
피우고 나는 체스를 두며 병정의 쓰러짐을 걱정한
다 너는 알레고리가 우습고 나는 알레고리를 찾으
며 독서한다 너는 보들레르가 파리에 관해 기록을
남긴 것을 알고 나는 서울을 아카이빙할 구상을 끝
냈지만 실패할 것을 안다 너는 공간이고 나는 시간
이다 너는 기호학이고 나는 측지학이다 너는 모더
니즘이고 나는 포스트모더니즘이다 그러나

최소화의 극대화. 문득 그렇게 말할 수 있다. 극
단적으로 사유는 감정과 무관하다. 그렇게 말할 수
있다. 그는 권력 구조와 위계질서를 보여줄 뿐이다.
그렇게 말할 수 있다. 억압은 저항과 관련이 있지
만, 억압이 자유를 짓누르는 것만은 아니다. 그렇게

말할 수 있다. 모든 것을 객체로 만드는 분류 작업이 사유를 조정하는 것은 아니다.* 그렇게 말할 수 있다. 사유는 그러한 분류 작업 자체를 자신의 객체로 삼아야 한다.* 그렇게 말할 수 있다. 그는 매개되지 않은 야만성의 위대함을 표현하고 싶었을지도 모른다. 그렇게 말할 수 있다. 세분화된 감각은 어떠한 영역에 배치되고 그는 관람자의 몫이지만 관람자의 눈은 결코 제거되지 않는다. 그렇게 말할 수 있다. 그는 관점이 탁월하다기보다는 그가 남긴 실증들이 탁월하다. 그렇게 말할 수 있다. 사유는 본질적으로 과장의 요소가 들어 있다. 그렇게 말할 수 있다. 결국 예술은 모종의 유희를 넘어서야 한다. 그렇게 말할 수 있다. 사유는 잠재적인 어리숙함을 꺼내야 한다. 그렇게 말할 수 있다. 사진은 영화를 따라가면 위험하다. 그렇게 말할 수 있다. 영화는 시를 따라가면 위험하다. 그렇게 말할 수 있다. 시는 철학을 따라가면 위험하다. 그렇게 말할 수 있다. 극대화의 최소화. 그렇게 말할 수 있다. 작

품의 무게감은 시대적 알레르기와 관련이 깊다. 그
렇게 말할 수 있다. 진정한 의도는 포기할 때 가능
할 것이다. 그렇게 말할 수 있다. 그렇게 말할 수 있
다. 그는 그렇게 말할 수 있다.

문을 나섰고

돌아오지 않을 것이다

---

* 테오도르 아도르노, 《미니마 모랄리아》.

이태원 뒷골목

—

그는 밤 산책 중 바타유 읽은 적 없고

—

택시가 빗속을 파고들자

—

교차로 한복판에 화물차 엎어지고

—

육교 끝에서 흑인 청소부 고개 숙이고 걸어가고

—

젖은 새가 카메라 앵글인가, 생각하다가

—

그가 세상에 없는 방향으로

—

이태원 청년들의 파티를 향해 첫 번째 줄로 미끄러져 들어가며 아파트 불투명한 창문 비좁은 계단 앞에서 낡은 캔버스화 밟고

—

한 불구자의 발목에서 멈춰 선입견 없이 그는 아무것도 말할 수 없다며 개구멍에 입을 쑤셔 넣고 절규를 하다가

—

　반쯤 기울어진 식탁 달팽이 요리를 따라 살해당
한 집주인의 마지막 음성 메시지는 묘사할 필요가
없고

—

　식탁보로 양송이 수프를 핥는 혓바닥의 균열

—

　가족은 비극이란다, 할머니 앞니가 부러짐 샹들
리에 불빛에 술잔 흔들림 부엌 구석에서 흑백 수증
기 뿜고

—

그가 휴대전화 통화음의 교란으로

—

복도 통로를 지나며 우편함에 담긴 크리스마스 편지를 뜯자 경비 아저씨 두 손 모아 미안합니다, 제 잘못입니다, 같은 의미의 말 변주하고

—

카페 창 안에 미국식 싸구려 소파 유럽식 벽지에 걸린 액자가 〈링컨 암살자〉라는 영화 포스터 품고 흔들며

—

화장실 변기에 들렀다가 나온 그가 물을 끄고 그가 베토벤을 켜고 그는 발작적으로 그를 사로잡지

만 그는 사라져도 된다

—

　높은 지붕 위에 올라간 뒤 카페 현수막에 무어라 쓰였는지 확인하기 위해 1층 창가로 내려온 다음 군중을 섞으며

—

　그는 이태원 밤거리를

—

　50명의 종교인들이 검은색처럼 지나가고 51명의 취객들에게 수갑 채우며

—

보드카 바 옆 흡연실에서 능글맞은 미소 지으며
그의 이름을 불러보았지만

—

53번째가 뭔지도 모르면서

—

겨울비, 하얗게

—

코인 노래방에서 들려오는 여학생 목소리가 졸음
을 유발하며

—

북쪽 골목으로 터벅터벅 걸어가다가 자살에 매
력을 느끼곤 경찰서 앞에 누워 있는 취객을 흔들어
깨우듯이

—

그가 추락한다는 것은 그가 추락한다는 차가운
사실입니다

—

혼잣말

—

비니 쓴 남자애가 상가 옆에서 길고양이에게 사
료 주고 공중전화 박스서 실직자가 통화 버튼 누르

며 눈물 흘리고

—

교회 밤 비행기 폭발 소리

—

원형 탁자

—

파괴 그 이상을 생각하다 그가 파괴되듯

—

겨울밤

—

벽난로 불 속에서 그를 불태웠으니까

—

하얗게…… 커피포트 끓는…… 불투명성……
말싸움…… 서투른 필기체…… 화장실 변기 홀에
외부가…… 바퀴벌레 똥은 내부가 맞아

—

아파트 헌 옷 수거함 골목 건너편에서 한쪽 날개
흔들며 회전하는 비둘기 떼와 지하철 두 번째 칸
그늘진 노숙자의 뒷모습으로부터

—

은신처 그를 버리고 존재론 그를 비우고 재구성
그를 배우고

　—

불을 환히 밝힌 고등학교 종소리가 들리는 쪽으
로

　—

횡단보도 옆에서 개의 느릿한 걸음이 사람들 홀
리고

　—

카메라 든 남자는 그가 중심이라 생각했으나

　—

말이란 건 누군가를 속이기 쉬워, 텍스트 오직 텍스트로, 활자 오직 활자로만, 그는 변명하며

—

원형 탁자에 코피를 쏟았고 이건 내상이 아니야 카메라 든 남자가 현관 사이로 훔쳐봤으니까

—

삶에 대한 열렬한 욕구는 뒷모습과 닮았고 장례식장 입구에서 〈우동 한 그릇만〉 아버지가 철 손잡이 잡고 비틀거리며

—

그는 주차장 속 현대 자동차의 경적 소리였다가,

과자 가게와 술집을 겸하는 보랏빛 네온사인 아래
은은하게 흔들리는 컵 네 개

—

코카콜라의 달콤한 향을 따라 휘어지는 천장 왼
편 미러볼 투 포 리듬에 맞춰 율동 추고 촌스러운
엉덩이 젖고

—

볼링장 뒤편에서 담배 피우던 삼촌 쓰러지고

—

데님 진과 청 재킷 걸친 친구들의 눈 코 입 동일
성에 흐려지고

—

그가 그를 혐오하며 객관화, 라고 소리쳤지만

—

혼잣말

—

새벽 이태원 바리케이드 뛰어넘고

—

노크 없이 방으로 들어가며 그는 울고 빈 의자를
보며 그의 눈물은 음성으로 환원될 수 없고 몇 페
이지 읽으며 그는 그를 마주할 것인데

—

새벽 이태원 복층 빌라

—

그가 방구석 전신 거울 보며

—

악어 재규어 파충류 포유류 그런 것과 닮았는가,
묻고

—

그는 기형적인 슬픔을 발생시킬 수 없다

—

혼잣말

—

그는 그가 어디에서 끝나는가, 다시 묻다가

—

붉고 하얗게

—

붉고 하얗다는 추상만으로

—

방구석을 앙상한 종아리로

—

나는 평행을 알아

—

혼잣말

—

전쟁에 관한 어머니의 염려가

—

신선한 착각처럼

—

부엌에서 생선 요리 냄새가

—

실패한 시처럼

—

라벤더 향이 좋다는 목소리가

—

함께

—

이태원 뒷골목까지

—

끌고

—

겨울비, 이태원 뒷골목

—

인간의 감정으로 뭉개지 않은 아름다움

—

겨울비, 이태원 뒷골목

—

그곳에

—

겨울비, 이태원 뒷골목

—

그것에

—

겨울비, 이태원 뒷골목

—

그는 그는

—

겨울비, 이태원 뒷골목

—

그를 그를

—

겨울비

—

이태원 뒷골목

—

영원히

—

그는

—

레몬 나무의 약속

여름 하늘이

파랗고 예뻐서 라고 말하기엔 가온 고등학교 담장 옆에 레몬 나무가 있다. 여러 도형을 섞은 것 같다. 안전합니까, 그가 물어서. 아무 대답도 안 했다. 레몬 나무 아래서, 늙은 강아지와 말동무를 하는 장면처럼. 그를 사랑해, 그는 나를 몰랐지만, 턱을 빼고 혀를 넣는. 멈춰. 멈추라는 선생의 표현이 좋아서, 레몬 나무 아래서, 나는 할 수 없다. 열기구의 모래를 채우고 싶은 마음을 상세하게 묘사할까* 해가 지고 있다. 언덕 너머로. 그가 사라지고 있다. 그가 사라지는 이유를 알고 있지만, 캔버스화를 벗는다. 폭염을 견딘다. 트랙터를 몰고 있는 아버지의 목소리…… 푸른빛 바람이 불어오는구나

라고 회상하기엔

나의 모교가 불타오르고 있다. 철조망에 갇힌 오리가 울었다. 마을버스가 지렁이를 밟고 지나갔다. 그가 옆에서 함께 걷는다. 이제 끝내자고 말하면서.

논밭은 폐허가 되고. 메뚜기 떼가 몰려오고 있다.
청바지에 보풀이 일고. 육교 위에서 하체들이 끊어
지고 있다. 평탄한 종말처럼

　레몬 나무 아래를 맴돈다. 그가 나를 데려다주었
나. 흰 연기가 피어오르는 소각장을 지나쳤다. 농구
장의 함성을 통과하며. 삼각형처럼. 레몬 향을 맡
고, 턱을 만지고. 혀를 내밀어보았지. 푸른빛 바람
이 분다. 언덕 너머를 향해. 건물 옥상을 향해. 나
는 레몬씨를 툭 뱉어보았다. 조금의 껍질을 땅에 묻
고 싶었다. 테니스공이 굴러왔다. 테니스장은 없는
데. 농구장만 있다고. 그가 말하자, 여름 하늘이 찢
어지고 있다는 망상! 벌레 두 마리가 레몬을 파먹
고 있다. 그가 기어가고 싶다고 했다. 빈 그네를 밀
고 있는 담임선생처럼. 그가 나의 머리를 쓰다듬으
며, 괜찮습니까,

　발가락 위엔 애벌레가 있고. 하얀 알을 낳는, 촉

감이 나쁜, 그는 그것이 사랑스럽다고 말한다. 나는 현기증을 느끼며 보도블록을 밟는다. 보도블록의 배열은 어떤가. 깨끗한 이빨처럼. 교정되어 있고. 빨강 파랑 초록을 건너 점프하는 아이들의 이미지는 하염없이, 나에게 하염없는. 허기를 느끼게 하고. 갈증을 유발하게 하고. 그의 눈빛과 그의 얼굴을 찬찬히 뜯어보게끔 만든다.

레몬 나무 옆에서, 튀어나온 누군가, 나를 건드렸다. 약 봉투를 건네주며, 보건교사인가, 봉투 겉장엔 날짜가 없고, 보건교사라면 주의 사항을 표기했을 터인데, 나는 무슨 말이라도 해야 할 것 같아서, 무슨 말을 했다. 턱 밑에 밥풀이 묻은 것 같다고, 어리석고, 길이를 잃은 문장을 내뱉은 것 같아서, 레몬 나무 속으로, 숨어들고 싶었지. 차창이 열리고 닫히는 소리가 연속적으로 들려오고, 자동차 시동을 켰다 끄기를 30분가량 지속하다가, 차 내부엔 아무도 없다는 사실을 깨달았을 때. 주인이 없는 사물인가, 나는 문득 그런 것이 슬퍼져서, 그를 애타게 불러보았다. 그러나 그는, 명찰이 없고. 캔버스화가 없고. 힘이 없어서, 레몬 나무를 끌어안고 있었다. 먹구름이 몰려오고. 목마름은 해결되지 않은 채로, 나는 그를 등 뒤에서 껴안았다. 그가 아무 반응도 없기에, 나는 발생된 기억과, 아이들이 뛰어놀지 않고 운동장 한가운데 서 있는 이유를, 조각상처럼, 딱딱하게 굳은 아이들의 손과 발, 입 모양을 유심히 들여다보았는데. 놓아주겠습니까, 그가 강조하듯이 말하는 것이었다.

나는 통제력을 잃었다.
하얀 연기가 레몬 나무를 흐리고 있었다.

---

* 파블로 피카소의 시 〈1938년 3월 26일〉 한 구절을 변형함.

서울역과 고가도로 A

경험론자의 일기처럼. A가 학교 정문 열고 흰 눈밭으로 달려가며. 하얀 눈사람과 구름. 유사. 교실에서 상영 중인 영화의 몽타주로부터. 눈밭 입구에 자리한 교회 십자가가 2초간 피 흘리고. 빨갛게 물든 손이 개울가 앞에서 벌벌 떨며. 숲속을 지나치는 절망감. 눈먼 친구의 팔목을 붙잡고. 구원. 애원하는 바지의 밑단. 미끄럼틀에 몸 눕히고 커피 세 방울 떨어뜨리자. 그림자가 사방으로 춤추고. 야윈 목발 짓밟고. 마비된 콧물 터졌다. 며칠 전, 부모가 엽서로 보내놓은 교훈적 문장들이 하얀 눈사태처럼 숲속을 파고들며. 학교 정문은 네 시간 전에 닫혔다. A라는 부조리. 카메라가 들이닥치기 전까지. 눈빛은 젖고. 슈베르트 〈송어〉가 도서관 열람실에서 흘러나오듯. 눈먼 친구가 사냥개를 물어뜯는다, 고 생각하다가. A는 그 비유가 지나치게 쉽다고 생각하다가. A 역시 비유가 아니고. 눈먼 친구가 다섯 걸음 앞에서 체온을 느끼듯 팔을 뻗자. 호흡은 가빠지고. 경비 아저씨가 턱을 괴고 졸다가 사무실 소파에서 자빠졌으나. 텅 빈 벤치에 앉아. 하얀 눈사람 만지며. 철봉 근처로 흩어지는 새 떼가 A의 몸통을 가를 수 없듯이. 시시티브이 붉은빛이 가시넝쿨 비출 수 없고. 텅 빈 벤치에서 일어나. 하얀 눈사람 흔들며. 눈먼 친구가 A를 애타게 불러보았으나. 교실 안 난방기 옆면과 선생 뒤통수는 응답하지 않고. 파편적 슬픔. 그리고. 불가능.

헤드라이트 빛 앞에서 소멸되는 흰 눈. A는 평온함. 소나무 가지에 앉은 새를 깨트리듯이. A는 침착함. 겨울 입김을 코앞에서 지나치듯이. 욕조 물이 침잠하는 것. 수챗구멍에서 들려오는 목소리가 히치콕 영화 같았다. 언덕 너머에서 온 그녀와 눈밭을 헤매며. 키스하고. 담뱃잎을 말듯이 하얀 연기를 통과하며. A라는 체험은 이빨처럼 부러질 것이다. 언덕 주변 카페에 앉은 그녀가 A의 쇄골을 만져주었으므로. 비슷한 손동작으로. 옆 건물 아이스크림 가게 직원이 우윳빛 아이스크림을 두 번씩 퍼냈으므로.

폭발.

해 질 녘. 창문. 10센티의 단발머리. 100미터의
기차 통로. 좌석 밑을 들여다보며. A는 A라는 맥락
을 몇 초씩 잃고. 해 질 녘. 모과차. 죽은 시인의 문
구처럼 불타오르는 오후다. A가 그녀에게 책 읽어
줄까, 묻고. 그녀는 아니, 라고 답하고. 미완성된 시
두 편 소설 다섯 편 발레리나 여덟 명의 몸짓이 일
기장에 기록되어 있으나. A라는 묘사는 이미 죽은
것이다. 불타오르는 창 바깥. 소말리아 해적에 관한
서사를 세 번. 소탕이란 낱말을 여섯 번 되풀이했으
나. 모과 향이 코끝까지 퍼졌다. 모과 향, 이라고 A
가 써버린 뒤에도. 노인들 헛기침 몇 번에 붉은 고
향을 그리워하며. 기차 바깥으로 얼굴 없는 신체들
이 뛰어내렸고. 낭만적 분위기는 고조되었고. 〈순간
적인 감정은 쉬우나 그것을 넘어서 무엇이 있을까〉

폭설.

측백나무와 편백나무 잎이 좌우로 대여섯 번씩 흔들리자. 새라고 여겨졌던 형상이 비명 지르며 추락하고. 추위가 기숙사 쪽창에서 지하 깊은 곳까지. 경비 아저씨가 메가폰을 쥐고 통로를 지나 A를 추적할 때까지. 흰 눈은 몇 미터씩. 철 손잡이. 계단과 계단. 50미터 높이 벽면은 교복 벗는 아이들의 폭력을 보았고. 벽 틈 사이로 감정과 교육이 물음처럼 번져갔고. 창가 옆에 덤불숲. 자판기 앞에 동전. 캔 음료를 따는 친구는 말하지 않았지만 거리 불빛처럼 초과되고 있었다. 텔레비전 속 새벽 뉴스가 진행될 때 앵커가 자신의 배역을 위해 꾸민 억지 미소와 틀에 박힌 말투 외에도. 몰래 기숙사를 빠져나오며 심야 버스 하얀 안개 광장의 높이감이 A를 유혹할 때도.

맨홀. 하수구 밑에서. 쥐 떼가 서울역 근처에서 얼어 죽은 시체처럼. 스스로 무거워질 때까지. 삶은 시작되고 있었다. 그럼에도 A는 맥도날드의 처참하게 부서진 회전문과 알바생의 금발 머리가 낯설었고. 가방 속에 넣어둔 흰 장미 꽃병은 사라졌고. 다리를 절룩이는 개 한 마리가 에스컬레이터 옆에 누워 평온한 잠에 드는데. 한 시간 뒤 눈을 뜨자. 아무도 없는 겨울 공원 벤치였고. A가 A에게서 빠져나와 A를 관찰하기보다는. 갑자기 늙어서 온 그녀가 발밑을 어슬렁거리며. 새벽의 깊은 잠을 대신했고. 바지 밑단이 조금 찢어지며. A는 개를 키운 적 없는데. 이리 온, 중얼거리며. 공원에 위치한 세 개의 벽과 가로등을 훑고 눈빛은 빠르게 지나갔고. 눈. 증기. 속도. 서울역 시계탑 아래서 가족의 경제난을 원망하는 그녀가 인간의 괴로움을 모두 떠안은 채 마스카라가 번져가는 우울한 시절 속. 폭설. 분명히. 흰 눈은 여전히. 경찰관의 전위적인 얼굴 비웃으며 건너편 육교에서 술 마시던 청년들. 푸른빛. 취하고. 30미터 전방엔 빌딩 광고판. A의 분위기는 바깥과 안이 있고. 스크린과 경계의 무너짐 속에서. 포커스. 찢기고. 주차 팻말이 엎어지자 존댓말 쓰는 남학생 목소리가 옆집 피아노의 옥타브를 망쳐놓듯 A라는 무질서가 쾅 하고 쓰러져버린. 아파트. 층간 소음 없이. 간헐적으로.

⟨우리는 법 바깥에 남겨질 것 같아⟩

유리창 속 넥타이 고쳐 매며 야근하는 회사원들은 외면적인 예의를 지키려 애썼으나. 60미터 높이 테라스 꼭대기에서 자신의 성욕을 해결하는 뿔테 안경 쓴 정치인과 급격히 빨라지는 왼손의 푸른 힘줄을 들여다보듯이. A는 사실에 쫓기며. 어린아이의 두 발 잡고 난간 바깥으로 대롱대롱 흔드는 철없는 아빠의 장난질과 무거운 코트 걸친 채 고함치는 엄마를 속이기 위한 불가능성. 눈. 속도. 그리고. 공중화장실 앞을 서성이며 A는 A라는 생각을 줄이

기 위해 가로등이 뿜어내는 하얀색 공포에 대해 묻지 않고. 골목. 롯데마트. 셔터를 닫은 백반 가게의 불완전한 외벽 가로지르며.

A라는 사각지대가 빈곤의 형태로 드러나듯. 공사판 뒤편 결혼식장 입구에서 신부의 하얀 드레스 녹아내리고. 흰 눈은 3미터 높이로. 20미터 높이 담장이 침묵에 빠질 때까지. 환경미화원의 평면성. 길고양이의 안광과 몇 초의 흐름이 폐지 박스의 눈금이 되어 유리 벽 바깥으로 뛰쳐나가려는 마네킹의 심리를 추측할 때까지. 김밥집. 모텔촌. 흰 수증기가 흘러나오는 곳을 따라 〈공간이 한정적일 때 나는 그곳으로 들어가고 싶어〉 그러나 A의 균열에 대해 조언하던 노숙자가 여관 문을 주먹으로 쾅쾅 부숴대며. 눈. 속력. 지하 통로부터. 낡은 세탁소. 막다른 골목 앞까지. 서울역 버스 정류장, 2초, 피 흐르고. 푸른 기체, 1초, 파편화. 관절염 없이. 전체성 꺾고. 슬픔 집어삼키며.

A—스스로를 폐기하였다.

K

사무용 빌딩 11시 밤 국제 증권 거래소 홈플러스 회전문이 몇 초간 멈추자 겨울 참나무가 고개 숙이고 미국 대통령 극장에서 암살 그가 과잉을 통해 이익을 좇듯이 검은 코트 팔목이 짧은 면 소매처럼 흔들리지만 그것은 미적 조작이고 그는 조직에 가담하며 〈고스트 라이더라는 말 들어봤어?〉 어두운 암실 속에서 음악을 언어로 번역하면 그는 울먹일 것이고 그는 이제 시선을 돌리고 그는 손목시계를 보며 그는 담론을 상실하지만 그는 담론과 함께할 것이고 책상에 앉아 버로스를 생각하고 고개를 파묻고 손톱 깎고 필통 내부를 뒤적이며 밤의 광장이나 동굴 물컵 속에 비치는 화분 솜털 잎사귀 손가락 다섯 개 그것만이 그의 유일한 부정은 아닌데 관광객 사기꾼 트럼프 택시 운전사가 죽은 영단어 죽은 라디오 긴 시체들의 소나타와 같은 건물 편의점 옆에 쓰러진 남자를 빙 둘러싸고 가만히 지켜보는 구급대원 추위 가끔은 아주 가끔은 붉은빛으로 길 건너 맞은편에서 그의 팔다리는 휘발유 고양이 광고 포스터 빌딩 두 개 세계를 말하는 것이 아니라 세계를 거쳐 가는 그의 얼굴은 그늘 없고 판사님 없고 카프카 법 앞에서 도서관 사서로 일하는 사람이 창 바깥을 내려다보며 그를 보고 그도 같은 방식으로 그를 보고 서재로 가 금빛 테두리로 된 책을 펼쳐 행간 찢고 고혈압 끓고 겨울 반복 추위 그가 안녕하세요, 라고 말하자 그가 미안합니다, 라고 답해서 그의 앞서 나간 고백들이 그를 앞지를 때까지 난방기 스팀 따뜻한 층계참 오가는 발소리와 헐떡이는 숨소리 구멍 그러나 구멍 없이 겨울 목도리 풀고 장갑 두 개 벗고 방 안의 꽃무늬 벽지를 섬세하게 만져본다 복도 아파트 정면 문이 빼끔 열려 있고 그는 〈아무 생각 없는데도 그로부터 벗어날 수 없어요〉 거실 전화기 어둠을 습격하는 어항 익사 벨 소리 그가 수화기를 뺨에 갖다 대자 입속에서 녹아내리는 상대방 목소리 커피 잔과 탁자 옆 담배 여섯 보루를 생각하며 그는 혼잣말로 체스 게임을 축구 경기장의 배치도를 무덤가의 적막함을 일곱 개의 구멍을 아니다 구멍 없이 그는 그에게 역할을 부여하며 옆집 사람과 눈 마주치지 않고 흰 눈이 창가를 착란을 고양이가 눈빛으로 거리를 밀어내고 턱수염을 잘라내고 이불을 개고 베개를 접고 그가 일그러지는 11시 밤 사무용 빌딩 국제 증권 거래소 홈플러스 회전문의 몇 초

마포구 밤거리

방음벽 흔들던 철도원의 절규 비명 들으며 그는
형식을 파괴한다는 말이 재미가 없다 밤의 한강 변
그랜저에 탑승해 쇼팽 연주가 지겹지만 그는 과거
의 시작과 끝을 느낄 필요가 있다 차창을 반쯤 열
자 공기가 어둡고 탁해서 그는 언어가 아니라 스스
로를 소진하고 싶다 4차선 도로 뒷좌석에 갇힌 여
자 입술이 움찔해서 그는 층계참에 엎드려 운 적
있다 겨울 코트 걸치고 깔깔거리며 횡단보도 건너
는 연인의 뒷모습 보며 그는 주변에 아무도 남기고
싶지 않다 마포구 아파트의 배열 눈보라 인공 불빛
에 흔들리는 손짓들 그는 문턱에 발이 걸려 넘어지
는 바람에 새끼 고양이를 거칠게 끌어안다가 스스
로를 더럽다고 여긴 적 있다 한강 다리 아래로 추락
하는 자살자와 50미터 거리를 두고서 오는 죽음 고
통 그는 긴장감 속에서 허구를 유발한다 아파트 경
비 아저씨와 친하게 지내며 고향을 그리워하는 동
시에 추방을 원하는 것 그는 내적 모순에 복종한
다 부엌에서 수프 끓이는 남자들의 사소한 말다툼

그는 전쟁에 관한 아포리즘을 닮아간다 연세대 앞 버스 정류장 게임 조립서 읽는 대학생들 환호 기쁨 스무 개의 손가락 베란다 화분 놀이터 한강 공원으로 들어서는 교수를 생각하며 그는 80이란 숫자를 써본다 아이스링크 레일 옆으로 간질 환자가 거품 물고 쓰러지는데 그는 파편적 이미지를 수집하고 있다 대형 할인 마트 진열장 바라보며 어린아이가 손가락만 빠는데 그는 새장을 투명하게 비추고 있다 스타벅스 창가 자리에 앉아 턱을 괴던 젊은 고시생 눈물 흘리며 계단 내려가는 회사원들 멍하니 바라보는데 그는 얼음 잔의 입김을 삼켰다 마포구 주차장에서 키스하다가 눈 마주친 소년들 담벼락 넘다가 교복 바지 터졌는데 그는 야간 경비원의 절박함을 묘사했다 닫힌 셔터에 어깨를 기댄 노숙자가 겨울바람에 흔들리며 천천히 죽어가지만 그의 윤리는 실패에 그칠 뿐이다 신촌 선술집 구경하며 그는 친구에게 전화를 걸고 그러나 친구는 그의 허상에 머무르겠지 신촌 헌책방 둘러보며 그는 이

중 언어를 시도하다가 갈증을 호소할 것이고 신촌 편의점에 들렀다가 그는 라이터를 켜고 그의 세계를 불태워버릴 시인을 찾는다 신촌 역으로 걸어가며 그는 교통 카드 잔액을 모른 척하고 신촌 지하철에 몸 실으며 그는 자기 연민에 빠져 스스로를 격렬하게 조롱하고 싶었다 신촌 지하철 네 번째 칸 흔들리며 그가 이 시를 끝냈고 신촌 지하철 네 번째 칸 빠져나가며 이 시가 그를 끝냈다

1

시민 공원 하얀 연 텐트

일상 경비 하천 운영 관리

재해 청소 장소 한강 다시

자원봉사 망원 공원 내 불법행위

단속·순찰 그리고 헌책방에

들렀다가 앤티크한 접시와 간이 탁자를

보았다가 태풍이 오고 있어 태풍 이름이

©조원효

뭔데 〈타파〉 폭우 초속 헌책방을

나오며 너는 마지막 굴다리에서

마지막 고양이와 놀았어 앞발과

뒷발과 어색한 웃음과 자동차

경적과 당황과 당황이 아니라

의도적인 표정과 빠른 걸음 보폭

너는 파란색 표지판 전방 50미터 자전거를 타고

바람과 비에 의한 우연을 기다리며

너는 소독 약품을 주머니서 꺼내 보이고

한강 변 흙을 장난감처럼 가지고 노는 아이들과

어른 여럿과 노인 두 명과 너는 구름을

기다리지 않고 사진을 믿지 않고

오렌지 핑크 일몰 핑크빛으로 변한 하늘

너는 상가에서 걸어 나오는 이삿짐센터 직원들을 보며

어떤 향수를 팔의 잔근육을 출처가 불분명한 목소리
가

너의 입속에서 터널 끝에서 정교한 나무들의 배열과

이빨을 위아래로 부딪치며 덜그럭거리는 과일 트럭

붉은 확성기 돼지고기 도매가 열병 음성 판정 경기도

파주시의 뉴스 너는 심란한 표정으로 전단지를 나눠
주는

계단을 오르내리는 아주머니들 하얀 소독차의 뒤를
쫓듯이

맥주와 오징어구이 편의점 테라스에 앉은 팔과 다리

아디다스 입은 바지가 전날 받은 농구공을 걸어차고

바람처럼 휘어지는 보드를 타고 뒤로 자빠지는 젊은
청년의

무릎 상처 후시딘 빨간 연고 붉은 지붕과 빌라의 골목
끝으로

들어서며 너는 너의 친구에게 전화를 걸지 않고 너의
외로움은

확산되지 않고 농협 축협 현금 인출기 옆에 엎질러진
컵라면

파워에이드 포도 상자 문재인의 지지율에 대해 떠드는 평상 위

노인들 장기판 위에 올려놓은 하품 하천에 흐르는 세계와

바지 오물 빨랫감 희고 더러운 발바닥 땀이 조금 찬 너의

생각들 정지되지 않는 정육점 유리창에 비친 여름이란 계절 찢고

흘러나오는 교묘한 너의 산책 속에서 갈등 없이 고민 없이 너는 계속.

ⓒ조원효

2

먼 잡화상의 수다와 노루 페인트 앞 참나무를 네가 스쳐 가고 비디오에 기록된 물 맞는 연인을 떠올려 세탁소

에 돌을 맡기고 말라가는 너의 마지막 사유가 작게 읊조
릴 때까지 여름 그것은 변모하고 여름이라 생각했던 곳에
도착했을 때 해변가 없는 마을이었다 슈퍼마켓에서 걸어
나오는 얼굴은 베트남 민요처럼 캔 맥주의 매혹처럼

아방가르드

그런 단어는 제스처 같군, 한적한 골목 물 흐르는 빨
래터 성가를 크게 불러대는 창가 속 목소리 시원한 바람
이 불어와 햇빛에 의해 깎여나가는 조각상의 손짓과 넥
타이의 아름다운 길이 석회 가루의 하얀 성질을 목덜미
에 두르며 걷는 너의 과거와 현재 허름한 교실에 울리는
실로폰 연주 바흐의 첼로 선율이 골목 담장까지 흘러나
와 남학생 세 명이 웃고

여름 장마가 쏟아지자 카페테라스의 입 모양은 쉽게
손상되어 동네 개들에게 노출되고 형체 없는 건물에서부
터 또 다른 창살이 짖고 창살 위에 창살이 젖고 또 다른
욕조에 누워 있던 너는 자신이 세면대의 거울이라 생각
하며 출구 없는 계단을 뛰어올랐다 옆집 이웃들은 발 없
이도 걸었고 약국 간판이 유리 파편처럼 깨져 전봇대 아
래서 느리게 햇빛을 꾸며냈다

스스로를 꾸미고 싶다는 정원사와 너는 가위바위보를 하다가 정원사는 죽어가는 사람처럼 굴었다 푸른빛이 쏟아지는 옥상이었어 주택가 빌라 비상계단 칸막이마다 설치된 하수구와 맨홀 속에서 푸른 물이 솟구치고

정원사는 왼쪽 팔을 잃은 채 강물처럼 다른 마을로 떠내려간다 너는 단지 오열이라는 감정 버스 정류장의 표지판 높이가 적당해서 손목시계는 너를 단순한 이미지로 남겨놓고 고추잠자리 날개가 폭염 속에서 회전하듯 상가 건물 공통된 붉은 유니폼 차림의 맥도날드 직원들이 가위를 들고 카페 간판을 잘라냈다 담장 밑에서 고양이는 한국어를 받아먹으며 아빠, 라고 중얼거렸고

ⓒ조원효

망원 지구 백신 기계 세탁소에 맡겨놓은 너의 문장을

펼쳐놓듯 도로변 자동차 경적 추돌 사고 오토바이가 좌
우로 고개 흔들며 막다른 골목에 이르렀다 벽화는 연못
을 보여주고 너는 자신의 걸음을 세다가, 숫자라는 개념
을 잊어버리고 연못 속 백조 한 쌍이 한강 변에 비친 자
신의 영상과 손을 잡고 헤엄쳐 다녔다 공놀이 돼지 놀이
모기 놀이 등 넘기 놀이 말뚝박기를 하던 교복 없는 한
국 아이들의 함성 속에서 부드러움 없이 벽 틈에 손을
집어넣어 물의 무게를 가늠하고 나른한 발가락의 행렬처
럼 골목 입구에 쏟아지는 너의 발걸음이 햇빛에 취한 채
여름은 결말에 다다르**고**.

3

오전에서 한강의 물가로 죽어가는 햇빛을 입에 물고
너는 혼자가 아닐 거라는 상상에 몰두한다

구름 한 점 없는 얼굴을 기억하며 그는 개인 욕실이
있었다 모기는 물을 틀면 날아갔고 거울 속으로 들어
가지 못했고 세면대 비누가 리치 알처럼 벗겨져 그가 첫
솔질하며 각혈할 때부터 미래는 예견되어 있었다 이웃
집 찰리가 벨 누르며 〈촌놈 새끼야 입술 내놔〉라고 말했
다 병명도 진단 못 하는 스스로가 부끄러워 화학요법도
사례비도 창틀에 잘려나간 손가락처럼 성수대교의 비둘

기는 조금 슬퍼 보여, 그는 적당한 결정론자였다 모든 것
은 예정되어 있고 집의 복도와 난간과 굴뚝은 하얀 연기
에 질식하게 되어 있다 너는 그에게 놀이터에 가자고 말
했다 그네의 흔들림과 약간의 아메리카노가 근원을 해결
할 수 있다고 생각한 모양이었다 그러나 〈백신 기계 세탁
소〉 간판에 균열이 일고 시민 공원에서 개가 짖는다 눈
먼 아들을 뒤로하고 식초병을 포켓에 넣은 채 비틀거리
며 그는 집을 나섰다 여름 바람이 좁아지는 골목 붕대를
감은 노인들 요양원 건물 밖에서 담배 피우며 하얗게 질
린 얼굴로 시간이 흘러간다고, 인터뷰하는 주민들은 이
유 없이 화를 냈다 전봇대 전압선 중앙선에 구구 소리
내며 비둘기가 지나갔다 너는 그에게 〈당신은 최고의 다
다이스트〉예요, 라고 지껄였으나 효과는 없었다 눈먼 자
들의 도시 같았고 버스 정류장의 종점은 안개에 흐려졌
다 언덕 끝에서 편의점 직원 뒤에 숨은 우유병 속 날벌
레가 깨졌고 가슴과 목을 지나 파란 종양이 터질 것 같
았다 그는 한낮의 놀이터로 공원으로 캔 맥주를 집어 들
고 〈오 우리 형제 찰리〉 되풀이했다 창백함으로 밝혀진
벤치 쓰레기통 몇 명의 사진사가 자신들이 끌고 온 개와
함께 사진을 찍어달라고 부탁했다 사진을 펼치니 그가
브이 하며 웃었다 〈이런 표정은 처음 봐 왜 숨겼어〉 터널
옆 몇 걸음 떨어진 자리에서 우윳빛 아이스크림 향이 흘

렀다 네가 눈물을 흘렸다 어떤 이유 없이 한강 지구 하
얀 연이 하늘 위로 솟아올랐고 버스의 굴러가는 바퀴 회
전하는 휠을 보며 깊어졌다 길가와 도로변 그 사이 작은
골목에 멈춰 네가 미간을 짚자

구름 한 점 없는 쓸모가 흩어지고 있었다.

©조원효

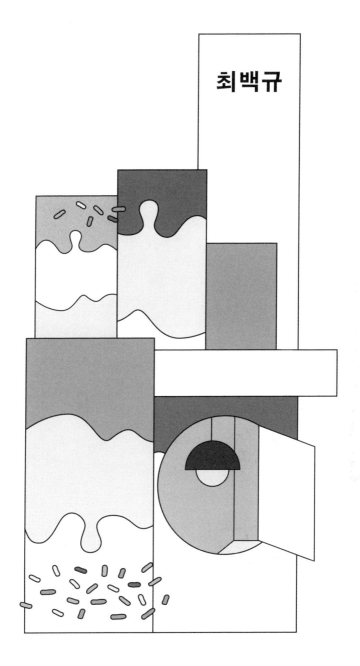

최백규

우리가 죽인 것들이 자랐다면 이만한 크기였을 것이다. 지난 일이다.

아무것도 변하지 않았고 아무도 잘못하지 않았다 1

그날 저녁 도영은 냉장고 속으로 들어가고 있었다. 불을 켜지 않아 집 안이 어스름했다. 내가 전등 스위치를 찾았을 때 도영이 그곳에 서 있었다. 그는 노란 불빛이 새어 나오는 냉장고에다 먼저 머리를 처박고서 왼쪽 종아리를 마저 집어넣는 중이었다. 그 모습에서 위화감이라고는 찾아볼 수가 없었다. 목욕을 위해 욕실에 들어가는 것처럼, 늦은 밤 침실로 향하는 것처럼 도영은 상당히 자연스러웠다. 억지로 몸을 욱여넣지도 않았다. 마른 팔과 다리는 가지런히 접어 넣기에 알맞아 보였고, 체구는 냉장고 두 칸 정도를 차지할 만큼 작았다. 도영은 마치 새와 같이 가벼운 몸짓으로 냉장고에 들어가고 있었다.

아니, 물론 착각이었겠지. 잠결에 목이 말라 물을 마시고 있었는지도 모르고, 당장 저녁에 먹을 찬거리를 생각하고 있던 것일 수도 있다. 그날 나는 서른 평생 그만큼 술을 마셔본 적이 없을 정도로 취해 있었다. 그 때문에 도영을 발견하자마자 다짜고

짜 힘껏 껴안았고 그가 어떤 얼굴로 나를 보았는지
조차 기억이 나지 않는다. 냉장고에 스스로 들어가
는 꼴이라니. 왜 도영을 두고 그런 상상을 했는지
여전히 의문이다.

아무것도 변하지 않았고 아무도 잘못하지 않았다 2

그날은 아버지가 서울에서 전주까지 내려온 날이었다. 경찰 근무복을 갈아입지 않은 채 찾아온 그는 회사 직원들을 긴장시키기에 충분했다.

강희연 팀장, 지금 자리에 있습니까?

누구시냐는 물음에 아버지는 습관처럼 재킷 안 주머니에서 경찰 신분증을 꺼내려다 멈칫했을 것이다. 그때 내가 옥상에서 욕심을 부려 담배 한 개비를 더 피우려다 그 장면을 보지 못했더라면, 약속했던 시각이 지나 아버지가 사라진 뒤에야 그 자리에 나타났다면 어떤 소문이 나를 들볶았을지 눈에 훤했다. 컴퓨터 앞에 앉아 하루 대부분을 보내는 팍팍한 일터에서 소문을 부풀리고 공유하는 일은 우리의 유일한 놀이였다. 시답잖은 소문에 휘말리고 싶지 않던 나는 아버지, 하고 반가운 듯이 그의 손을 덥석 붙잡아야만 했다. 잠시 어리둥절해하던 아버지는 어색한 얼굴로, 그러나 나의 연기에 동참해주겠다는 듯 손을 맞잡아주었다.

홍차와 커피를 내왔을 때 아버지는 좌식 테이블 앞에 앉아 온 집 안을 눈으로 훑고 있었다. 언뜻 보면 침착해 보이나 실은 내가 약속 시각을 지키지 않아 화가 났다는 것을 단번에 알 수 있었다. 홀아버지 밑에서 자란 나는 가볍게는 옷차림이나 언행을 비롯해 깊게는 사람을 대하는 방식이나 종교 같은 삶의 규율에서 그가 정해놓은 원칙을 따랐다. 유년 시절에는 고철만큼이나 딱딱한 사고방식을 지닌 아버지에게 반발심이 생긴 적도 있었으나 언제부터인지 체념했고, 심지어는 그것을 온전히 내가 선택한 삶처럼 받아들이게 되었다. 그것이 이미 나의 뼈를 이루고 있다는 사실을 인지했을 때는 반항할 힘마저 사라진 뒤였다. 하지만 아버지의 원칙이 불편한 순간은 제법 자주 찾아왔다. 그날은 퇴근할 무렵에 갑작스럽게 야근을 통보받아 잠시 마음을 달래기 위해 바람을 쐬러 나간 것이었다. 설마 그가 퇴근 시간대의 교통 체증을 뚫고 약속 시각에 정확히 나타나리라고는 예상하지 못했다.

찻잔을 새로 맞춰야겠다.

아버지는 무늬가 맞지 않는 찻잔과 컵 받침이 못마땅한 듯이 얼굴을 일그러뜨렸다.

죄송해요.

나도 모르게 그런 말이 튀어나왔다.

요는 내 결혼에 관한 것이었다. 여름이 끝나갈 무렵이었고 내년이면 이제 서른하나였다. 나는 내가 가진 숫자에 무감했으나 아버지는 달랐다. 그가 꾸준히 유지하고 있는 경찰 동기 모임의 자녀들은 공교롭게도 모두 딸이었는데 나를 뺀 전부가 서른 살이 되기 이전에 결혼하여 가정을 꾸렸다. 그들의 자유의지인지, 부모의 강요 때문인지 정확히는 알 수 없었으나 나의 경우에는 아버지의 입김이 강하게 작용했다. 스물두 살 때부터, 그러니까 어머니가 아버지와 결혼한 나이가 되고서부터 아버지는 통화할 때마다 나를 은근히 압박해왔다. 그러나 이렇게 멀리까지 직접 찾아온 적은 처음이었다. 아버지의 정년퇴직이 가까워졌기 때문일지도 모른다는 생각이

들었다. 그가 대놓고 말한 적은 없으나 순경 시절부터 여태껏 들어간 만만치 않은 액수의 축의금도 나의 결혼을 부추기는 데에 한몫하고 있을 것이었다.

저녁 식사도 마다하고 돌아서던 아버지가 문득 선 자리를 마련해주겠다고 말을 꺼냈을 때 나는 도영을 떠올렸다. 경찰대학 출신에 술과 담배를 하지 않는 차분한 성격의 서른네 살 남자라고 아버지는 운을 뗐다. 과연 아버지의 마음에 들 만한 사람이었다. 안정적인 직업에 안정적인 성격과 습관. 하지만 나는 그 남자의 얼굴을 보기도 전에 이미 지루하다는 인상을 받을 수밖에 없었다. 이제는 희미해졌으나 내 유년 시절의 어머니는 언제나 따분한 얼굴이었다. 스무 살 무렵에 컴퓨터 학원 강사직을 맡았을 때 사용했다는 각양각색의 디스켓이나 두꺼운 교재를 이따금 매만지던 순간을 제외하면 어머니는 늘 무료해 보였다. 나는 그런 얼굴을 닮고 싶지 않았다. 그 때문에 너를 떠올리게 되었다고, 좀더 솔직해지자면 너를 새롭게 꾸며내 소개해버렸다고 말한다면 도영은 나를 이해할 수 있을까. 어쩌면 그날도 제 방에서 숨죽인 채 대화를 엿들었을지도 몰랐다. 어쨌거나 내가 만들어낸 도영은 아버지를 만족시키기에 충분했고, 두 사람을 속였다는 죄책감에 나는 홀로 술에 취해서도 괴로워했다.

아무것도 변하지 않았고 아무도 잘못하지 않았다 3

아버지의 말을 그대로 전했을 때 도영은 아무렇지 않아 보였다. 우리는 집에서 아침 식사를 하던 중이었고 그는 평소대로 구운 식빵에 잼 세 가지를 섞어 발랐다. 내 말에 당황했더라면 정상적인 방법으로, 그러니까 아버지와 내가 평소 그러하듯 한 종류의 잼만을 발라 먹었을 것이다. 동시에 여러 맛을 보기 위함이라고 했으나 도영의 토스트에서는 오히려 알 수 없는 맛만 났다. 언뜻 보면 자유분방해 보이지만 그는 본인이 정해둔 원칙을 지키는 사람이었다. 토스트 한 조각을 다 먹을 동안 도영은 나의 말에 전혀 반응을 보이지 않았다. 나를 사랑한다는 것을 잊은 듯, 나와 4년을 만나온 것도 모른다는 듯 초연한 얼굴이었다. 나는 그의 방관적인 태도를 좋아했다. 그동안 도영은 무심하게 느껴질 만큼 나에게 간섭하지 않았다. 나는 그 점이 몹시 마음에 들었다.

네 냉장고는 쓸데없이 커.

두 번째 식빵에 잼을 바르면서 도영은 문득 그런

말을 했다.

우리 집 냉장고는 주방의 벽면 한쪽을 온통 차지할 만큼 거대했다. 회색빛의 민무늬 냉장고는 고철 덩어리를 주워다 놓은 것처럼 인테리어나 구조를 고려하지 않은 디자인이었다. 그 커다란 냉장고를 집에 들인 것은 순전히 나의 일 때문이었다. 대학을 졸업한 뒤 두 번째 회사였다. 첫 회사에서 잡일에 시달렸던 걸 생각하면 이곳에서는 제품 디자인과 일러스트 업무에 집중할 수 있었지만 야근은 끊임없었고 퇴근은 매번 기약 없이 미뤄졌다. 나는 언젠가 죽더라도 썩지 않고 미라로 남을 수 있지 않을까 싶을 만큼 편의점 음식으로 매끼를 때웠다. 그러다가 몇 차례 빈혈로 쓰러지고 나서 별수 없이 식단을 바꿔야 했다. 그것이 무식하리만치 큰 냉장고가 주방 한구석을 차지하게 된 연유였다. 장을 자주 볼 여유가 없으므로 한번 마트에 갈 때마다 냉장고를 꽉 채울 만큼 사 놓기로 했다.

하지만 아무리 거대하다 하더라도 먹는 입은 겨

우 둘뿐이므로 버려지는 음식이 더 많았다. 어떤 식품이든 간에 언젠가는 상할 수밖에 없다. 냉장고는 그저 부패를 조금 지연시키는 것뿐이다. 하기야 사람도 언제 어디서 죽을지 모르는데. 어머니가 그렇게 죽을 줄도 몰랐지. 어머니는 뺑소니 사고로 돌아가셨다. 경찰이 알려준 사건 경위에 따르면 어머니는 파렴치한 사고를 당한 피해자였다. 하지만 정작 피해자는 나였다. 어머니는 그날 내 눈앞에서 도로를 향해 뛰어들었다. 왜 하필 그런 타이밍이었을까. 나는 여전히 어머니를 원망했다. 혹여 내 꿈에 나타나 해명을 하지는 않을까 두려웠다.

아무것도 변하지 않았고 아무도 잘못하지 않았다 4

아니란다, 희연아. 네가 나를 길에서 불렀던 그 순간 하필 뛰어든 것이 아니었어. 네가 나를 불러서, 그래서 뛰어들었단다. 알아두렴. 나를 죽인 건 네 아버지가 아니라 너였어.

아무것도 변하지 않았고 아무도 잘못하지 않았다 5

어머니가 돌아가신 뒤로 아버지는 중년의 가정부를 고용했다. 내가 그때껏 본 사람 가운데 가장 성실하고 부지런한 사람이었다. 아주머니의 이름이 은혜였던가, 은희였던가. 다만 초등학생 시절 하교 후에 간식으로 애플파이를 구워주던 기억이 선명하다. 아주머니는 너무 성실해서 중학교에 입학하기 전까지 나는 집이 지저분한 모습을 본 적이 없었다. 냉장고도 예외는 아니었다. 언제나 신선한 과일과 먹거리가 풍부했다. 아주머니는 유통기한과 신선도를 매일같이 철저히 관리했다. 너무 깔끔한 탓에 아직 유통기한이 넉넉히 남은 요구르트나 빵 같은 간식거리도 진작부터 없앴다. 그 간식거리들이 아주머니의 가방이나 코트 주머니 속으로 들어가는 모습을 몇 번이나 목격했을 때—아주머니에게는 나보다 어린 아들이 있었다—아버지에게 사실대로 말했더라면 뭔가 달라졌을까. 내가 초등학교를 졸업할 무렵 아주머니는 깔끔한 성격을 못 이겨 끝내는 아버지의 지갑 속 돈과 통장마저 가져가 없앴다. 아버지는 차라리 잘되었다고 말했다. 그 당시에는 그의 태도를 이해할 수 없었지만 시간이 지날수록 어렴풋이 알 것도 같았다. 외벌이 공무원의 월급으로 서울살이를 해내는 것만도 아버지에게는 꽤 벅찬 일이었겠지. 그는 곧은 성격 탓에 아주머니를 내보내지 못했던 것인지도 몰랐다.

아무것도 변하지 않았고 아무도 잘못하지 않았다 6

도영은 가만히 냉장고를 쳐다보고 있었다. 왠지 불안해 보이는 얼굴을 바라보고 있자니 오늘이 무슨 날인지 곱씹어보게 되었다. 날짜를 곰곰이 따져보니 그가 투고한 신인상 공모전의 당선작이 발표되는 날이었다.

도영은 소설을 썼다. 그 사실을 아는 사람은 나와 도영 그리고 그의 가족이 전부였다. 그의 부모는 도영을 이해하지 못했고, 도영 역시 그런 부모를 이해하지 못했다. 먼저 손을 든 쪽은 도영이었다. 그는 스물여덟 살 때부터 서른네 살이 될 때까지 가족과 만나기는커녕 연락조차 하지 않았다. 도영은 그저 이해받지 못했다고 표현했으나 굳이 많은 이야기를 듣지 않아도 알 수 있었다. 나는 도영을 통해 한 번도 만나본 적 없는 그의 부모를 엿보았다. 그들은 내내 방관적인 태도로 자식이 집을 뛰쳐나가는 순간에도 무심했을 터였다. 도영은 언제부터 저토록 아무렇지 않았던 걸까.

그를 처음 만난 것은 이른 저녁 라운지 바에서였

다. 나는 술에 취해 금연석에 앉아 서너 개비의 담배를 내리 피우고 있었는데 그때도 도영은 나를 물끄러미 바라보기만 했다. 그는 일말의 감정도 내비치지 않고 나를 방관했다. 나는 평소와 비슷한 이유로 술을 마시고 있었으므로 괜한 오기가 일었다. 칵테일 잔에 재를 털어 넣으며 도영을 쳐다보았다. 바텐더의 눈을 피해 담뱃불로 테이블을 지지기도 했다. 연기가 나는데도 그는 말리지 않았다. 애써 자리를 피하지도 않았다. 그저 나를 바라봐주었다. 나는 그것이 웃는 얼굴보다 더 순수한 얼굴이라는 생각이 들었다.

아무것도 변하지 않았고 아무도 잘못하지 않았다 7

저녁이 되자 식탁에 그대로 남겨두었던 식빵 테두리와 접시에 묻은 잼 주변으로 날벌레가 꼬였다. 오랜만의 휴일이라 점심도 거른 채 내리 잘 것이 뻔하여 음식물 쓰레기 처리는 도영에게 맡겨둔 참이었다. 비닐봉지에 담아 냉동실에 넣어두기만 해도 될 것을. 진득하게 접시에 들러붙은 잼을 손톱으로 긁어내다가 문득 주위가 무척이나 조용하다는 것을 깨달았다.

임도영.

대답이 돌아오지 않았다. 집 안이 어두워 음침한 느낌마저 들었다. 늦은 저녁이었고 당선작이 발표되기에 충분한 시간이었다. 설마. 나는 금방 부정적인 생각으로 접어들었다. 도영이 집을 나갔거나 어디선가 죽었다면 그의 가족에게 연락을 해야겠지. 하지만 나는 그들의 연락처를 알지 못했고 생각은 거기서부터 더 이상 이어지지 않았다.

자정이 가까워질 무렵 도영이 돌아왔다. 멀쩡한

얼굴로 양손 가득 삼겹살을 사 왔다. 그때까지 나는 아버지와 두 시간에 걸쳐 통화를 한 상태였다.

삼겹살을 구워 먹는 동안 우리는 아무 말도 하지 않았다. 먼저 입을 뗀 쪽은 도영이었다. 이미 예감을 했노라고 했다. 보통은 당선자에게 먼저 연락을 취하기 때문에. 다만 혹시 몰라 기다렸을 뿐이라는 말이었다. 도영은 자신도 모르게 얼굴이 일그러질까 봐 일부러 고기를 많이 삼키는 것처럼 보였다. 그에게 이번 공모전이 어떤 의미였을지 나는 쉬이 짐작할 수 없었다. 가족을 떠나 6년간 집필해온 소설이었다. 쉽게 유행하는 전염병이나 큰 질병에 시달리는 게 아니라면 도영은 줄곧 그 소설을 붙잡고 있었다. 이삼일간 식사를 거르고 소설을 퇴고하는 데에 전념하는 날도 많았다. 단순히 등단 실패로 치부하기에는 그가 포기한 것들이 자근자근 눈에 밟혔다. 생사를 알 수 없는 가족과 다 떨어진 돈, 시간, 주변 사람들.

도영의 야윈 얼굴을 보고 있자니 자연스럽게 아

버지가 떠올랐다. 아버지에게 전한 바에 따르면 도영은 뼈대가 굵고 살과 근육이 균형감 있게 자리한 남자였다. 그뿐인가. 아버지가 아는 도영은 9급 지방직에다 가정이 화목하며 재산이 넉넉했다. 아버지는 오늘 저녁과 마찬가지로 계속 도영에 관해 물을 테고 도영과 만나고 싶어 할 것이었다. 나는 내 앞의 도영과 아버지 머릿속의 도영 사이 아득한 거리가 내 탓이 아니었으면 했다. 그 거리감을 만들어낸 사람은 도영이라 믿고 싶었다.

그럼 소설은 이제 그만 써도 되지 않아?

그래서 그런 말이 튀어나왔다. 도영은 말을 멈추고 입을 다물었다. 얼마나 시간이 흘렀을까. 한참 뒤 그가 되물었다.

내가 정말 그만뒀으면 해?

나는 소설을 쓰지 않는 도영을 상상하기 어려웠다. 하루 대부분을 소설에 매진하던 그가 그것을 놓아버린다면 이제는 무엇을 해야 할지. 이미 생기가 없는 그에게 소설마저 없다면. 그러나 나는 곧

이기적인 생각에 빠져들었다. 그의 옆에 남아 있는 사람은 나뿐이었고 그에게는 살 곳은커녕 남은 돈도 없었다. 나는 도영을 시험에 빠뜨리고 싶었다. 그리고 얼마 안 가 그것이 내 아버지의 양육 방식이었다는 것을 깨달았다.

내가 그만두기를 바란다고 했을 때부터 도영은 줄곧 고기만 굽고 잘랐다. 나는 아무런 대꾸도 하지 못하고 입을 다물어버린 그의 태도가 마음에 들었다. 아침에 못다 한 이야기를 마저 했다. 아버지 동기 모임의 딸을 내 친구로, 아버지가 알고 있는 도영을 내가 아는 친구의 남편으로, 퇴직을 앞둔 아버지는 죽음을 앞둔 아버지로 둔갑시켜 그에게 말했다. 둘 다 조용해졌을 때쯤 고기는 완전히 말라 있었다. 기름기가 가시고 버석해진 고기들이 불판 위에서 괴롭게 몸을 뒤척였다. 남은 삼겹살은 그대로 냉장고에 집어넣고 꺼내지 않았다.

아무것도 변하지 않았고 아무도 잘못하지 않았다 8

도영에게 비슷한 말을 하는 날이 늘어갔다. 그리고 그는 변하기 시작했다. 지금껏 써왔던 소설을 모조리 삭제했고—내 눈으로 직접 확인한 것은 아니지만 그 뒤로 소설 쓰는 모습을 보지 못했다—소설책은 전부 중고 서점에 팔아넘겼다. 집필을 관두고 나면 한동안 공상에만 빠져 있으리라던 예상과 달리 그는 나의 제안을 충실히 이행했다. 나는 잠자리에 들기 전 식탁에 앉아 포스트잇에 도영이 다음 날 해야 할 일을 일목요연하게 적어두었다. 내가 쓰는 하루치 메모는 대략 이런 식이었다.

① 전날 필기 노트 및 오답 노트 복습

② 토익과 한국사 인터넷 강의 듣기

③ 오전에 크린토피아에서 구두 세 켤레 찾아올 것

④ 2~4시 피트니스 센터

⑤ 저녁 식사로 돼지고기 묵은지 찜과 오징어 뭇국 차려놓을 것

저녁 메뉴는 매일 달라졌는데 전부 아버지가 즐

겨 먹는 음식들이었다. 아버지가 아는 한 도영은 오랜 자취 생활 덕분에 음식 솜씨가 남다른 사람이었다. 매일 밤 통화하면서 일과를 보고하다 보면 어쩔 수 없이 도영의 이야기를 할 수밖에 없었다. 아버지가 그와 만날 약속을 잡으려는 기미를 보이면 나는 이야기를 한두 가지씩 덧붙이며 말을 끊어내야 했고 그럴수록 도영이 갖춰야 할 조건도 걷잡을 수 없이 불어났다. 냉장고에 붙여놓은 메모지를 보면 담임교사가 초등학생에게 써주는 알림장과 비슷하다는 느낌을 지울 수 없었다. 하지만 그는 군소리 없이 모든 항목을 받아들였다. 처음에는 어설프던 요리도 날이 갈수록 맛이 좋아졌고 몸에는 적당히 살과 근육이 붙어 보기에 좋았다. 내년 초순에 있을 9급 지방직 시험에 내가 대신 원서를 넣었다는 말에도 토를 달지 않았다. 도영은 변해가고 있었다.

도영이 변했다는 것은 비단 내가 정해둔 틀 안에서의 이야기만은 아니었다. 어느 순간부터 그는 혼잣말을 자주 했다. 지난 4년 동안 본 적 없던 모습이었다. 그 새로운 버릇을 눈치챈 것은 어느 주말이었다. 오랜만에 회사에 불려나가지 않고 집에서 쉬던 참이었다. 나의 신경이 예민한 탓에 우리는 방을 따로 써야 했는데 도영은 닫혀 있는 방문을 보고 내가 출근한 것으로 여긴 모양이었다. 항상 새벽같이 방문을 닫아걸고 집을 나섰기 때문에 그렇게 느낄 만했다.

욕실에 가야 해. 응, 그렇지.

그래서 도영이 이렇게 말했을 때 침대에 누워 있던 나는 그저 놀랄 수밖에 없었다. 그는 얼마 안 가 정말 욕실에 들어가서 씻기 시작했다. 나는 물이 떨어지는 소리를 들으며 도영에게 이런 버릇이 있었는지 상기해보았다. 그런 모습을 보인 적은 없었다. 나는 그가 혼자 지내는 시간이 많아서일 거라고 여겼다.

그 뒤로도 도영은 계속해서 혼잣말을 이어갔다. 끊임없이 자신에게 말을 걸었다.

밥을 먹어야지. 마트에 가서 달걀을 사야겠다, 아직 좀 남아 있으니까 열다섯 개 정도만. 카디건 입기에는 날이 더울 거야, 입지 말자. 컴퓨터가 예전보다 느려진 것 같네. 오늘 이불 빨래를 해야 하는데, 점심 먹고 해도 늦지는 않겠지. 운동 갔다 오면서 미용실 들러야겠다, 머리가 많이 길었네.

누군가 지시를 주어야만 움직일 수 있는 것처럼 도영은 그렇게 말하고 그것을 따랐다.

어느 날인가는 어디선가 톡, 톡, 하는 소리가 들렸다. 비가 내리나 싶었지만 창밖은 기미도 없이 맑았다. 방문을 살짝 열어보니 도영이 손끝으로 냉장고 문을 가볍게 두드리고 있었다. 일부러 의식해서 하는 행동이라기보다는 다만 정적을 깨기 위한 소음 같았다. 어느새 일정한 박자를 갖춘 소리는 끊이지 않고 이어졌다. 그는 무언가를 할 때 콧노래를 부르거나 하다못해 샤워기라도 틀어놓았다. 강박처럼 정적을 못 견뎌 하고 있었다.

나는 도영을 유심히 관찰하기 시작했다. 처음에는 피우지도 않는 담배에 손을 대거나 혼잣말을 하는 수준이었지만 점점 더 정도가 심해졌다. 한번은 머리카락 한 뭉텅이가 내 방에 나뒹굴었다. 짧은 갈색 머리카락은 누가 보아도 도영의 것이었고 나는 그가 걱정되어서가 아니라 청소를 제대로 하지 않았다는 사실에 격분해서 그를 찾아 나섰다. 가정부 아주머니가 떠난 뒤로 나는 아버지와 가사를 분담하는 데에 익숙해졌고 그만큼 각자가 맡은 일은 꼭 책임져야 한다는 생각에 충실했다. 도영의 머리카락은 집 안 곳곳에서 발견되었다. 그의 방은 물론이고 거실, 부엌, 베란다도 마찬가지였다. 마침내 도영을 찾아낸 곳은 욕실이었다. 그는 세면대 앞에서 머리카락을 쥐어뜯고 있었다. 내가 손을 붙잡아 행동을 저지하자 의외로 아무 반항도 하지 않고 머리 뜯기를 관두었다. 하지만 줄어든 머리숱과 발갛게 부어오른 두피는 되돌려놓을 수 없었다.

아버지는 나와 통화할 때마다 도영과의 만남을 재촉했다. 더 이상 덧붙일 만한 이야기가 생각나지 않았다. 내가 우물쭈물하는 사이 그는 독단적으로 약속 날짜를 다음 달 초순으로 정해버렸다. 일주일도 남지 않은 시기였다. 그러나 아버지의 목소리에서 느껴지는 위압감 때문에 나는 곧장 핑계를 댈수가 없었다. 그는 참을 만큼 참았다며 내 입을 틀어막았다. 나는 전화를 끊고 베란다 창문 앞에 웅크린 채 잠든 도영을 바라보았다. 그는 시들어가는 식물의 뿌리 같았다. 잘못 건드리면 바스러질 것처럼 보였다. 그 모습을 보고 있자니 과연 잘 해낼 수 있을지 의문이었다. 도영의 이상행동이 집 안에서만 이어지는 것인지, 바깥에서도 계속될 것인지 확신할 수 없었다. 하지만 이내 괜찮을 거라 단정 지어버렸다. 어떤 상황이든 간에 더는 미룰 수 없었다. 아버지가 불시에 집으로 찾아올지도 모를 일이었다. 나는 잠든 도영의 어깨를 흔들었다. 그는 금방이라도 숨이 넘어갈 듯한 소리를 내며 잠에서 깨어났다. 나는 컵에다 물을 따라주었다. 도영은 젖먹이처럼 곧잘 받아먹었다. 아이를 키운다면 이런 느낌일까. 물을 다 마시고 나서야 그는 입을 열었다.

아, 진짜 살 것 같다.

그러고는 이렇게 덧붙였다.

죽는 줄 알았어.

나는 그런 도영을 반히 쳐다보았다. 우리는 이미 살아 있잖아. 숨도 잘만 쉬고 있으면서. 하지만 그는 그즈음 살 것 같다는 말을 자주 했다. 거북스러울 만큼. 무엇보다 나는 정말 살아 있다. 내가 그런 생각을 하는 동안에도 도영은 옆에서 자꾸 살 것 같다고 말했다.

그날 나는 꿈을 꾸었다. 곰팡이가 식빵을 좀먹으면서 번지는 것처럼 사방의 벽이 노란 포스트잇으로 뒤덮이는 꿈이었다. 꿈속에서 도영은 아무리 어깨를 흔들어도 좀처럼 깨어나지 못했다. 그것은 꿈에서 깨어나고 나서도 마찬가지였다. 불길한 기분 때문에 도영의 방으로 들어가보니 그는 죽은 듯이

잠들어 있었다. 정말 죽어버린 것은 아닐까 싶어 가
슴께에 귀를 가져다 대보기도 했다. 창백한 얼굴과
는 달리 심장 뛰는 소리가 너무 컸다. 무언가 금방
이라도 부서질 듯한 소리를 듣고 있자니 나에게도
그 소리가 옮는 것 같았다. 아니, 정말로 뒤덮이는
것 같았다.

　그 후로 며칠 동안 도영에게 아버지를 만나면 어
떤 식으로 행동해야 하는지, 아버지가 아는 그의
모습이 어떤 것인지 일러주었다. 퇴근 후에는 식사
자리를 가정하여 몇 차례 호흡을 맞추어보기도 했
다. 그때마다 도영은 그저 끄덕이거나 아무 말 없이
나를 따랐다. 고기를 써는 척하고 거짓말을 읊으며
그는 한 번도 웃지 않았지만 그런 부분까지 신경
쓸 겨를이 내게는 없었다.

아무것도 변하지 않았고 아무도 잘못하지 않았다 9

아버지와 만나기로 한 날이 다가왔다. 나는 밀린 업무를 급하게 처리하고 곧바로 약속 장소로 향하느라 따로 도영을 챙길 겨를이 없었다. 아버지는 내 내 화를 억누르는 듯 시계만 들여다보며 물을 여러 잔 들이켰다. 도영에게 계속 전화를 걸어보았지만 금방 도착한다는 문자 한 통이 전부였다. 그리고 마침내 약속 시각이 한 시간쯤 지나서 레스토랑으로 들어서는 도영을 보고 나는 이대로 도망쳐야 하나 생각했다. 도영은 집에서 자주 입던 목이 늘어난 흰색 무지 티에, 무엇을 쏟았는지 얼룩이 잔뜩 묻은 청바지를 입고 이쪽으로 걸어왔다. 자세히 보니 머리도 감지 않고 나온 것 같았다. 이미 약속 시각에 늦은 것 때문에 화가 나 있던 아버지는 더욱 못마땅한 얼굴로 도영을 훑었다. 도영은 자리에 앉기도 전에, 늦어서 죄송하다는 인사도 건네기 전에 대뜸 말했다.

저는 작가 지망생입니다.

희연이와 동거를 하고 있고, 정식 작가가 아닌 터

라 뚜렷한 벌이가 없어서 희연이가 벌어오는 것으로 생활하고 있습니다. 아버지의 표정이 어떻게 변하든 도영은 그의 눈을 똑바로 쳐다보며 말을 이어나갔다. 어쩐지 집에서 혼자 중얼거리던 도영을 보는 것 같았다. 나는 얼이 빠진 채 도영의 입술만 쳐다보고 있을 수밖에 없었고, 이후로 어떤 말이 더 오갔는지는 정확히 기억나지 않는다. 다만 금세 자리를 박차고 일어나던 아버지, 그리고 붙잡으려는 나에게 최대한 분노를 억누르는 톤으로 따라오지 말라고 읊조리던 목소리만이 기억에 남았다.

서로 한마디도 하지 않은 채 집으로 돌아와서 나는 도영에게 왜 그랬느냐고 화를 냈다. 하지만 그는 아무 대꾸도 하지 않았다. 나는 아버지 앞에서 그런 모습을 보였다는 사실이 참을 수 없을 만큼 수치스러웠다.

너는 대학도 졸업하기 전에 지방직 시험에 합격했어. 지금은 시청에서 일한 연차가 오래돼서 안정적인 상황인 거야.

나는 도영을 쳐다보며 힘주어 말했다. 하지만 도영은 나를 쳐다보지도 않았다.

옷차림은 항상 새것같이 단정하고, 네 명의로 된 스물다섯 평짜리 집이 있는 사람이야.

도영은 계속 대답하지 않았다. 나는 간절한 기도라도 하는 것 같았다. 지금 내 입에서 나오는 이야기들이 정말 내가 하고 있는 것이 맞는지조차 알 수 없었다.

네가 다 망쳤어!

그렇게 소리친 것도 같았다. 그제야 도영은 맥없이 나를 바라보았는데 너무 뜨거운 그 눈동자가 금방 녹아버릴 것 같다는 생각이 들었다. 녹아서 캄캄한 동굴 같은 눈의 뼈만 남을 거라고. 그 동굴이 언젠가는 나를 집어삼킬 거라고. 도영은 내 앞에 묵묵히 앉아 있는데 나는 도영도 아닌 도영에게 도영에 관해 계속 말했다. 그러면서 그와의 이별을 예감했다.

아무것도 변하지 않았고 아무도 잘못하지 않았다 10

문득 잠에서 깼을 때는 동틀 무렵이었다. 빗줄기가 창문을 세차게 때렸다. 집 안을 돌아다니며 도영을 불러보았지만 아무도 대답하지 않았다. 휴대전화며 옷, 신발은 전부 그대로 남아 있는데 도영만 보이지 않았다. 간밤에 도영이 앉아 있던 검은 소파를 바라보았다. 나는 그의 가족이나 친구를 알지 못했다. 도영이 동네에서 자주 가는 곳도 알지 못했다. 그를 찾아 나설 수조차 없다는 것을 깨닫고 소파에 주저앉았다. 어쨌든 찾아 나서야 하는데 어째서인지 마음이 편안했다. 이제는 도영이 있었다는 것조차 모두 거짓말 같았다. 조금만 더 이렇게 홀로 소파에 앉아 있고 싶었다.

냉장고에서 쉴 새 없이 모터 도는 소리가 들려왔다. 고기가 썩고 있겠지. 나는 그렇게 생각하기로 했다. 어서 버려야지. 그렇게 중얼거리기까지 했다. 그런데도 왠지 계속해서 떠오르는 장면이 있었다.

© 김서해

　새 학기의 교실은 설렐 것이라는 예상과 달리 어딘가 창백한 인상이었다. 희연은 창가 자리에 앉아 아래만 내려다보고 있었다. 칠이 벗겨진 책상이 꼭 울상을 짓는 얼굴처럼 보였다. 그 사이로 붉은 속살이 다 드러났다. 아니란다, 희연아. 희연은 가만히 중얼거려보았다.

　교실에는 같은 교복을 입은 아이들이 조밀하게 앉아 있었다. 첫날이라 적당히 서먹한 공기가 흐르고 있었으나 시간이 지나면 꽤 시끌벅적하겠다 싶었다. 창밖에는 비가 올 듯 먹구름만 가득했다. 희연은 복도 쪽으로 고개를 돌렸다. 남자아이가 우두커니 서 있었다. 희미한 인상으로 조용히 교실을 살펴보고 있었다. 아직 비가 내리지 않는 교실 안팎에 희연과 남자아이, 그리고 아이들만 남겨져 있었다. 희연은 말없이 남자아이를 바라보았다. 오는 길에 정문 근처에서 본 것도 같았는데, 다시 만나게 된 것이었다.

교실은 막 변성기를 맞은 아이들의 목소리로 어수선했다. 접점이 없는 아이들은 서로의 출신 초등학교나 좋아하는 아이돌 따위에 대해 떠들었다. 희연은 학교가 재미없었다. 새로운 교실과 낯선 아이들이 궁금하지 않았다. 왜 다들 저렇게까지 들떠 있는지 이해할 수 없었다.

그동안 남자아이는 희연의 옆자리까지 다가왔다. 어딘가 불안한 듯이 다리를 조금 떨고 있었다. 두 눈동자는 죽은 물고기처럼 흐렸다. 남자아이가 문득 입을 뗐다.

같이 앉을 애 있어?

그렇게 말하고 희연을 물끄러미 바라보았다. 희연은 그 눈길을 못 본 척했다. 어머니의 따분한 얼굴이 희연에게 드리웠다.

잠시 기다리던 남자아이는 이내 자리를 떠났다. 책상 사이를 가로질러 교실을 빠져나가는 뒷모습은 성이 나 있었다. 희연은 그 뒷모습을 지켜보았다. 어쩐지 남자아이의 몸에서 자신과 비슷한 냄새가 난다고 생각했다. 남자아이가 닫고 나간 교실 문에는 A4 용지가 붙어 있었다. 깨진 유리 창을 가린 것이었다. 그 아래 적힌 '1'이 눈에 들어왔다. 이 곳 아이들이 떠나가면 내년 이맘때쯤 다른 아이들이 다시 1이 될 것이었다.

남자아이마저 떠난 교실에서 희연은 자꾸만 사라지는 것들에 대해 생각했다. 언젠가부터 마음에 있던 것들이 하나둘 흩어지고 있었다. 대부분 자질구레한 것들이었고 아무래도 누가 훔쳐 가고 있는 게 아닌가 싶었다. 그것이 어머니일지도 모른다 추측했지만, 이 일에 대해 깊이 생 각해본 적은 없었다.

지루한 개학식을 마치고 집에 돌아온 희연은 자리에 누웠다. 반 틈짜리 창으로 노란빛이 새어 들어왔다. 저 녁이 오고 있었다. 창밖에는 죄다 초록뿐이었다. 어머니 도, 아버지도, 그 무엇도 없었다. 두 손으로 얼굴을 감쌌 다. 바람이 창을 흔들면서 머리까지 어지러운 기분이 들 었다. 곧 봄이었다. 저 산속에서 도대체 무엇이 태어나고 있을지 알 수 없었다. 아니란다, 희연아. 그렇게 중얼거려 도 아무도 대답하지 않았다. 희연은 우선 잠들기로 했다. 베개에 젖은 얼굴을 묻었다. 아무것도 변하지 않았고 아 무도 잘못하지 않았다.

| 시집 |

도넛 시티

1판 1쇄 발행 2020년 3월 9일

지은이 · 장수양 정우신 조원효 최백규
펴낸이 · 주연선

총괄이사 · 이진희
책임편집 · 최고라 박연빈
본문 디자인 · 김지수
마케팅 · 장병수 김진겸 이한솔 이선행 강원모
관리 · 김두만 유효정 박초희

(주)은행나무
04035 서울특별시 마포구 양화로11길 54
전화 · 02)3143-0651~3 | 팩스 · 02)3143-0654
신고번호 · 제 1997-000168호(1997. 12. 12)
www.ehbook.co.kr
ehbook@ehbook.co.kr

잘못된 책은 바꿔드립니다.

ISBN 979-11-90492-39-3 (03810)

* 한국문화예술위원회 한국예술창작아카데미는 만 35세 이하 차세대 예술가가
참여하는 연구 및 작품 창작 과정입니다. 2019년 한국예술창작아카데미 문학 분
야는 시인 4인과 소설가 4인을 선정하였으며, 이 책은 한국문화예술위원회의 지
원으로 제작된 시인 4인의 작품집입니다.